生きているという事実を支える真実と、自分が生きているということにとりこめない真実とには、ちがいがある。

自分はここに、その病気におかされない人間としていきている。それでは、その病気に自分は無関係なのか。しかし、確実に、その病気にむけて、自分の首すじをとらえ、自分の両眼をその病気にむける、自分内部の力がある。そのはたらきが、この本をつくった。

二〇〇〇年十一月二十日

目次

レプラなる母

死のなかの記憶

斑点　敗戦　仮構の中で

一　斑点

人目につき始めたとき死のうと思った
その前に　強いられた死が　待っているはずであった
右腕の斑点はそのままだった

――密封した風防ガラス――甕のなか
ぼくはいつも　死の操縦桿を握りしめていた
〈もうこのなかから出ることは　ないだろう〉

ぼくはいつも　しろい海原を見つめていた
ぼくの体を　こなごなにしてしまうだろう死の標的　黒い一点を見つめている
もうすぐ黒い点は　ぐんぐん大きくなって　火だるまとなった鉄のかたまりが　ぼくをなめつくし　焼きつくすだろう
一瞬　黒い点が　ぼくの意志を裏切るかのよう　緑の色に化身していた
〈あれは不時着する　みどりの島影〉
みどりの島影は　少年のぼくの　死の恐怖をやわらげた
大海原に浮かぶみどりの島と　ぼくは漂流をしつづけていた
ぼくの右腕に浮かんだ斑点を　いま語らねばならない
太平洋戦争は二年目を迎え　ガタルカナル島からの撤退が始まっていた

十六歳を迎えていたぼくは　勤労動員の　前畑火薬庫の弾薬輸送作業に駆り出されていた
父親からの音信は　もう一年も絶えていた
千鶴からの音信も絶えたままであった
朝鮮へ行ったという　うわさだけが　流れていた
戦死でもない　行方不明でもない　公報のないまま父親の写真が仏壇にかざられ　毎日灯明があげられていた
九州各地への米機動部隊による空襲がはげしくなっていた
灯火管制下のうす暗い部屋　母と姉が　畳の中央に陰うつな面もちで坐っている
黒い布でおおった電灯の光が　座敷の中央に坐る二人を　まるい円の中に閉じこめ　灰色に照し出していた
あれはぼくの思いすごしだったかも知れない　だがぼくには追いつめられるものがあった

「右腕の手首に浮かんだ斑点は　癩ではないだろうか」
おずおずと母親にただしていた

それまでも　ペン先でほじくっては血がにじみ出　乾いてはカサブタに変わっている――
カサブタがとれたあとの　透明な皮膚を透して　桃色の斑点が浮かびあがるという　くりかえしをつづけていた

「考えすぎですよ」

ながい沈黙のあと　母親が口を開いていた

「そうではないですよ」
母親が　またくりかえす

ながい静寂がつづいた

突然の　かん高い声に　ぼくはその方を見あげた
にらみすえる姉の顔が　目の前にあった

今この家でただ一人の肉親の声であった

「あたしはどうするの」

ぼくは罪人のように　顔を伏せていた

耳元でまた　蚊のなくような小さい声を聞いていた
「かんごふでもなるわ」か細い　諦めに似た声であった

日をおいて継母は　行きつけの海軍病院ではなく
裏街にある　小さい皮膚科の医院にぼくを伴っていた

年とった医者は　無愛想に　どうしたかをたずね　右腕を少し見ただけで　そうではないと
無頓着に言ってのけた
そして　再診の必要ないことを告げ　小さい容器に入った軟膏を渡した

癩の進行はゆるやかで　長い病状をたどることをぼくは知っていた　また癩と診断されると
離れ小島に　隔離収容されることも聞いていた

そのために　診察には慎重さが求められ　念入りな検査も必要なことも……
〈丁寧な診察など　必要ないというのだろうか！〉
先行きの短い命ならば　敢えて　残酷な診断をくだすこともなかろう
ほくは年老いた医者の心を想いはかり　半信半疑　いちおうの安堵のなかで医者の言葉を信じないことにした

だがそれにしても　どうしてあの時に継母は　叔父龍次郎のことを話さなければならなかったのだろう
千鶴の父が癩を病み　行路病死であったことを　そして引きとられてきた千鶴が「きたときは　おとなしい子だったんだけど　血は争えんもんね」と

父親からの手紙も　千鶴の消息も　絶えたままであった
〈死に至る病どの道おなじであれば　どのようになろうと同じであった〉
ぼくは　死へのワンステップとして　命の先送りのため　T大学予科を受験　そこから死へ

の兵役に応ずることをきめていた

レイテ沖では　もうもどってはこない　神風特攻隊が編成され　出撃が始まっていた

〈斑点はそのままであった〉

もうしばらくすると　桃色の斑点は　沈せんして白色に変わり　次第に神経の麻痺をともないながら　おそくとも二、三年のうちに崩れていくはずであった

〈崩れる前に死のう　人目につき始める前に――〉

限りある生命であるとしても　これは　避けることのできないぼくの命題であった

医学書を手に　斑点の崩れる時を　狂気のようにはかりつづけていた

そこに斑点の崩れる時をはさんで　いくつもの死が　蛍火《ほたるび》のように飛んでいた

予科練　特幹　海軍予備学生　陸軍甲種幹部候補生　そして中野学校の死と　いくつもの栄誉ある死であった

死に至る時間を　ぼくはぼくの体を尺取虫がはうよう　計りつづけていた
〈いちばん長いのは　どれだろうか〉

幼年のころ　烏帽子岳のふもとのぼくが　入江を渡って迫ってくる赤崎山の影におびえて
ぼくが選んだ入江を走るランチの終着の時と　その黒い影が頭上を通り過ぎる時に　賭けたようぼくは二つのうちの一つに賭けていた

〈癩者としての崩れる時と　栄誉ある死の時の　いずれかに〉

もし癩者の道を選べば　同輩のどの少年たちよりも長く　三、四年先　いやもっと長く生きながらえるはずであった
ぼくは　小川正子がうたった「小島の春」の　長島を想い浮かべていた

その島に行けば　野鳥がさえずる緑の森　コスモスの花が咲き乱れる花畠で　白い蝶を追いたわむれることもできる

〈人の目をおそれ　斑点でおびえることもない〉

ぼくは小川正子が描いた「小島の春」癩園が　ぼくの行く道だと考えるようになっていた

〈だがなんという　あさはかさだったのだろう　生命の重さも知らず　たとえ人間の命を一銭五厘という為政者が当時あったとしても　生命をはかる軽率さは決して許されるべきことではなかった〉

小川正子の「小島の春」が　ぼくの幻想であったことを知るのは　これから半世紀以上もたった　一九九六年四月　「らい予防法」が廃止された後の　戦後も五十数年がたってからのことである

――だが多分　あの時　辞書の中の癩の字にさえ怯えるぼくは　まぎれもない自由を幻想しだからこそ抱かねばならない癩の秘密を胸に描き　死の操縦桿を引いたにちがいなかった

少年の白くなった頭のなかで　一歩一歩　死の現実は近づいていた　米軍の日本本土への上陸が迫っていた

三カ月にわたる沖縄戦は　地獄絵のなかで　終局を迎えていた

二　敗戦

ひび割れた甕のあいだからかすかに洩れてくる光に　ぼくは玉音を聞いていた
「シノビガタキヲシノビ　タエガタキヲタエ……」　不明瞭なラジオの音が
敗戦を告げる声と判るまでに　そう時間はかからなかった
松林に点在する寮という寮のすべてに　敗戦のニュースは突風のように吹き抜けていった
少年たちは松林を縫い　中央のグラウンドに集まり始めていた
昨日までは入隊する学友を　円陣を組んで送り出した広場に　大地をふみならし　双手をふりあげ　踊り始めていた
迫っていた死からの解放感がそうさせるのか　歌声が大空にはじけた
「きいーっとかちます　かあーたせます　きいっとかちます　かたせます――」

応援歌だった！
踊りの輪が　かけつける学友たちによって　ぐんぐん大きくなっていった
熱気をおびた興奮が　まるい輪の中で　燃えうずまいた

バラック建ての寮の　障子が　襖が　輪の中に放り込まれ燃え上がった
焔が大空に舞いあがり　数十メートルの高さに達した

これからは艦砲射撃の恐怖も　グラマンの機銃そう射からも　身をかくすことはない
「きいーっとかちます　かあーたせます　きっとかちます　かたせます……」

南無妙法蓮華経　背中に大書した教練服が　シャツが脱ぎすてられ　ついにはズボンが　下着までが　はがれ
つぎつぎに中空に投げられ　空に舞った

躍動する　全裸の　まるい輪が　闇をとおしてつづいた

――学友たちといっしょに乱舞する　うずのなかで　ぼくはぼくの栄誉ある死へのプログラムがなくなったことに　うろたえ　あわてていた

〈コレカラハ　アタエラレタシデハナク　ジブンデエラバネバナラヌシガ　ハジマッタコトヲシラサレテイタ〉

日が暮れると闇のなかに　点灯する灯があった
最初はおずおずと　遠慮がちにともり始めた灯が　暗くなると一せいにひろがった

黄いろい灯の明りに　膚のぬくもりを感じた
ながいあいだ忘れていたものだった　泣きたいほど求めていた平安であった

だがぼくの中で　決して消えることのない斑点が浮かびあがっていた
これからは　他人まかせではない　自分で選ばねばならない死がまちかまえていた

ぼくは　長いあいだ　ぼくの屍体がびらんし　透明の液体に変わるのをまっていた——

ひび割れた甕のなか

歩けば　屍体は

がぼー　がぼーと
標本室の胎児のように　ゆれた
恋　すると
屍体は　むん　むん　とふくれあがり
熱い　白い腕が　ぼくの視界をふさいでしまう

〈屍人は　屍人のままで　どうして恋ができよう〉
――屍人の甕をたたく音が聞こえてくる

いつも　死ぬことだけを思いつづけて　生きてきたぼくにあのとき　生への想いへ　かりたたせたのは　一体何だったのだろう
〈ひびわれた甕のなかの　洩れてくる光にたよって　そこへ行きたいと思った〉
誰にもあやしまれず　ぼくはそこへ行きたいと思っていた　もう　戻ることはないかも知れない

三　仮構のなかから

窓ガラスに　鉄柱がつぎつぎに倒れていった　そのむこうを焦点のぼけたスクリーンのよう
麦畑がかんまんに動いていた

窓ガラスに顔をあずけたまま　さきほどから右頬に張りついてくる男の視線に耐え　ぼくは
車窓の一点を見つづけていた　うごく車窓の一点にあわせ　首をまわす

男はうごいた気配もなく　手にした本に目を落としていた

まのびした駅員の声を聞くと　ぼくは立ち上り　プラットホームに立っていた
乗客の流れにそって歩き出す

〈春日和の田舎道を　散歩でもするように　誰にもあやしまれずそこへ行きたい〉

朝鮮動乱のさなかに　肉親との断絶は自然に行なわれた

——それからは一切の音信不通　文字どおりマンホールの下をかけめぐる反戦運動へ加わっていた　美しく死ぬために美しく生きたい　ぼくの祈りにも似た行為だった

胸を病んだぼくが　友人の紹介で　古川橋の町工場に住み込んでから　またたく間に一年が過ぎさっていた

少女がはじめて訪れたのも　この町工場であった

中学を出たばかりの　あどけなさを残す少女は　殺伐とした工場のなかで　少女がそこにいるだけで　そこはばかに明るかった

肉親との断絶のなかで生きるぼくは　ぼくの分身を見る思いで接してきた

プロミンの出現で癩が治癒できることを知ったのも　この工場のラジオのニュースからであった

治癒できるとしても　ぼくは人目につきはじめた時に　この工場を去ろうと決めていた

〈だれにもさとられぬよう　なにくわぬ顔で　電車にでも乗りかえるよう　ここを出よう〉と思っていた

昨夜からの　少女との光景が　また目の前に浮かぶ
あかるい電球のしたの丸いちゃぶ台　にぎれば割れてしまいそうな小さい茶碗
どれもが長いあいだ忘れていたものだった

かげろうのように　ゆれる　少女の笑顔が目の前にあった

少女は　ぼくの貧しい手みやげの夏蜜柑を手にとると　厚い皮をむきはじめていた

みかんの白いふさが　少女の唇にふれ
白い前歯が　みかんのふさを切り——
細い指先が　白いふさを開いていく

ぶつぶつのままの　引きしまった身
うす赤みをおびた黄金色の　ひとふさ　ひとふさの実が
しろい皿の上に　ならんでいく

〈あれは　ぼくに出すための〉
ぼくは　少女の　指先だけを　見つめている
そしていま　少女に話す言葉を　さがしていた
母一人　娘一人　満州から引き揚げてきた親子
貧しくとも大事に育てられてきた少女に……

少女の顔も見ず　夏蜜柑をとると　厚い皮をむきはじめていた
「ぼくは　たのしいことがあると　あとがこわいんだ」
なにも知らない少女は　はじけるように笑い出す
「じゃあー　なんにも　できないんじゃないのー」
じいっと見つめる少女の眼に　ぼくのみかんをもつ手は　かすかにふるえていた
そこまで一緒に行くという少女を　ふり払うよう　表に出た

〈あれから　どうしたのだろう〉

下宿にたどりついたぼくは　キーンと張った意識のおくで　夢の中でまた夢を見つづけていた

その中でおそった　脳天をうった衝撃　暗闇に吸いこまれていく

――このまま　なにも知らない少女を欺き通し……　いやたとえ少女に話したとて　何がわかるだろうか

少女の愛を失う悲しみ――と　取りかえしのつかぬことをしてしまった思いが重なりあいもつれあって　解きようもない奈落に落ちていった

――まだこめかみにひびいてくる鈍痛は　梵鐘でもうつように耳元で　せいかくに鳴っていた

このままいつか発狂し　隠してきたおのれの恥部を　懺悔ともつかぬ愛の言葉で　誰かれとなく哀願し　呪詛する姿が不意に　目の前にひろがっていた

その前に下宿を出よう――少女には黙って癩園をたずね　診察を受けてみることを決めてい

た

〈それからまた　どのくらい時間がたったのだろう〉

目をあけると頭の上の黄色い電球の光はうすれ　朝の白い光がガラス窓を透して三畳間の部屋いっぱいにさしこんでいた

その時　さきほどまで　あれほど　おびやかしつづけていた梵鐘をうつ鈍痛が　うそのように消えていた

四　全　生　園　へ

横路を横切り　手垢で黒ずんだ改札口をぬけると　目の前に尖った枕木の柵と民家の壁で仕切られた　がらんどうの広場があった

地面より二、三段高い待合室の入口に立つと　広場のなかに案内板を探していた

ぼくがいま知っていることといえば　都心からはなれたこの清瀬に結核療養所があり　隣り合わせに癩の療養所があるということだけだった

〈太陽の沈むまでに　とどきさえすればいい〉
うす暗い待合室にもどると　時間表を見あげた　電車の路線は所沢まで延びていた
広場にはフラノの背広にボストンバッグをさげた男　佃煮の小瓶や林檎などを入れた買物かごをさげた女たち　バスを待つ人たちがたむろしていた
着古したワイシャツにジャンパー　下駄ばきという姿は　そのなかになかった
〈見舞い客のように　果物でも買ってくればよかったのに　いやこのまま　なんにもなかったように帰ることだってできる〉
——だが　これに抗する　なにかが　ぼくを押しとどめていた　帰ったとて　とうてい耐えられぬ自分を　また　みつめていた
〈ジブンガジブンデアルコトガ　イチバンダイジナコトダ〉
呪文のようにくりかえしていた

古びた車体のバスが駅前の広場にはいってくるや　駅前にたむろしていた　男や女たちはのろのろと停留所のまわりに集まりはじめる
うす暗い待合室のベンチに腰をおろしたまま　電車でも待つふうに　ぼくは広場をながめていた

乗客は列をつくりバスに乗りはじめる
探していた全生園の字が　バス停の丸い標示板の上に　黒ぐろと記されていた
〈終点の全生園より　ひとつかふたつ　手前で降りればよい〉
ぼくは立ちあがると　列のいちばんうしろに立っていた

目の前の広い肩はば　上げた足が　ステップの金属板をうつ異様な響きに　いそいで下駄ばきの足をはなす
通路をはしり　いちばん後尾の窓ぎわに腰をおろしていた

いちように前方を見つめている乗客の顔　こわばってくる首筋　ポケットから文庫本をとりだす　両手にもった掌の上でかすかに小さい活字が揺れる　暗い　揺れがはげしくなる　文字が絵に変わる　暗い絵だった——

バスは舗装した道路のうえを走りはじめていた　バスの屋根をなでる楢の大きな枝の音に
ぼくの熱い体が洗われた

停留所にとまるたびに　乗客は櫛の歯が欠けるようにいなくなっていた
〈このまま思いきって　終点の全生園まで行ってもいいのだが〉
ふと気づくと　五、六人の乗客は立ち上がり下車しはじめていた

〈ここはまだ終点でないはずなのに〉

いそいでそのうしろに立つ
最後のぼくをおろすと　バスはさあっと背を向けて　今きた道を遠ざかっていった
舗装はここで終わっていた　終点の一つ手前だのに——

〈バスの進行方向に向って歩いて行けばいいのだろう〉

石ころの多い道を　散歩でもするようにぼくは歩きはじめる　道はめっぽうに高い　柊の生
垣にぶつかっていた
　生垣は左に折れている

高い柊の生垣にそって歩き出す

〈生垣の切れるところに　門があるだろう　陽の沈むまでにとどけばいい〉

しばらく行くと砂利道は粘土質の道に変わり　片側が雑木林にかわっていた
と急に　生垣のなかから　かん高い笑い声が起っていた
のぞき見ると　生垣の奥の明るい庭で　子どもが二人　自転車に乗り興じているのが見れるのだった
庭のむこうには　林檎の実がたわわに　燃えあがるような果樹園がひろがっていた

少年のころ思いつづけた桃源郷という言葉を思い出していた　生垣にそって大股に歩きはじめる

雑木林が切れると一瞬　展望がひらけ　麦畑がいちめんに広がっていた
そして麦畑のはるかむこうに　一本の白い線が走っている　白い線の上を米粒ほどの黒い点が　土煙をあげうごいている

まっ青な広い空を　ななめに一条の白い線がおちていった
キィーンと耳をきりさく爆音を耳にしていた　ぼくの期待は軽い失望に変わっていた
ここは　基地群のまっただ中になっていたのだった　ぼくの夢見ていたのは　もっと隔絶された　もっと辺鄙な　平和な園であったはずだ
《入ってからだって移ることができるだろう　海辺の島へ》
ぼくは　ひろい麦畑にそって　畦道を大股に歩きはじめる
畦道は舗装したコンクリートの道路につきあたっていた
麦畑よりいちだん高いコンクリートの道路に上ると　生垣の内側に　黒ずんだ二軒長屋が生垣にそって並んでいるのが眺められるのだった
不意に　街のジュークボックスで聞くような喧騒なジャズが道路にむかってがなりはじめた
〈まっぴるまから不謹慎な　ここは病をいやす療養所のはずだ〉
不快な気分がつきあがってくるのを　ぼくはおさえていた

しばらく行くと生垣は　赤いレンガ塀に変わっていた
そしてうっ蒼としげった　楠の木の蔭に　門がひらいていた
黒ずんだ表札に多磨全生園の字を読みとるとそのまま通りすぎ　ふりかえりざま　後に誰もいないのをたしかめると　ぼくは吸いこまれるように門の中に入っていた

すぐ右側に木造の守衛室がある
近づくとぼくはつまだちして　正面の四角い窓に声をかけた
無帽の顔の浅黒い男が　こちらを見ている

「ちょっとおたずねしますが」
「こちらで　みていただけるでしょうか」
浅黒い顔の奥についている目が　ぼくを見た
赤い大きな疣が小鼻を押し潰そうとしている

ぼくは一寸とまどう　ここは隔離する場所で　診察する場所ではないはずだ

「あなたが」
目がぼくの全身を　上から下に　なめまわす

「診察を受けたいのですね」　疣がびくっとうごいた
小さな目にかすかな笑いが浮かんだ

守衛は立ち上がって次の室に消えていた
窓ガラスに人影が二つうごいた
草履ばきの若い男と　風呂敷と買物かごを両脇にさげた女があらわれ　そのまま木立にかこまれた道に消えていった

「これを　まっすぐ行くと本館がありますから　その前で待っていてください」

木立にかこまれた緩やかな勾配をのぼると　正面に白いペンキぬりの木造家屋があった　その前の日溜りに　若い男と女が背をかがめ椅子の張り替えをしている
白衣を着た男が二人あらわれ　ぼくをたしかめると　目の前のレンガづくりのドアの錠前をあけはじめた
普段は使っていないらしいその平屋の　細長いドアの木札をぼくはぼんやり眺めていた
二人はうす暗い部屋にぼくを招き入れ　木製の椅子をすすめると　またそそくさと出ていっ

てしまった
渡り廊下さえない　ほかの病舎からは隔離されたこの部屋は予診室なのだろうか
しいーんと静まりかえっている
カーテンを透してもれてくる光だけが　暗い部屋の中空をつきぬけていた
どっと肩の力がぬけていくような疲れをおぼえ　目をつぶった
遠くで　棟上げの　木槌でもたたくような音が聞こえていた
園内のどこかで造作でもしているのだろうか　長いあいだ忘れていた　のどかな音であった

五　千鶴への想い

床のない地面　木製の机と椅子が二つ　粗末な医療箱が一つあるだけ　そしてレンガの壁に沿って黒い診察用のベッドが置かれている
静まりかえった室のなか　薄明るいカーテンを透してもれてくる光が　交錯する一点をぼくは見ていた

そこには　この室のただ一つの装飾品ともいえる油絵がかけられていた
カヤの原野の風景であった
それは燃えながら一切の粉飾を断ちきるかのよう　ギラギラ輝く太陽に向って萱の原野が立っていた
この癩園の誰かが描いたものだろうか

背後の音に　ぼくは目をさまされたよう　ドアに目を向ける

さきほどの　白衣だけの事務官とはちがって　白衣の袖と足首をゴムでしめた　全身が白衣！
頭髪をおおってしまった白い帽子　と　目だけを残している幅ひろいマスク
目が　ぼくを見ていた

声でぼくは　年配の女医であることを認めた
「どうしましたか」
柔和な声に　ぼくはまた　おどろいていた

女医は　自分にうなずくように質す

「自分でそう思い始めたのは――」
『中学三年の時からですから　十三年前ごろからです』

かすかに驚愕の色が　女医の目によぎるのを　ぼくはぼんやりと見ていた

「その時からずうっと」
「――」

女医はぼくに目をつぶらせると全身にわたって神経の知覚を調べる検査を丹念にはじめていた　右　左　右と掌に針をあてる
「いたければ　いたいと言ってください」
検査を終えても　しばらくだまったまま　考えるふうに女医は立っている

マスクの下から静かな言葉がもれていた

「そうではないです」

叔父がその病気でなくなっているものですから
「いつごろですか」
よくわかりませんが小さい時だと思います
「幼児期に感染したものなら二十くらいまでに発病しています」

はなしの途中　下駄ばきに古びた手さげかばんをさげた男が笑顔で入ってきた
「このひと」
気さくなもの言いが　室内の空気をやわらげた
「うーん　そうじゃないよ」
癩も今では　退所したいという人より　入りたい人が多いくらいだから　あんまり本を読みすぎたんじゃない　病気の統計を示しながら研究者らしい態度で話し始めていた

女医はそのあいだ　終始ひかえ目に　だまって立っている
長い時間が経過したように思えた
しばらく静寂がつづいた

女医が口をひらいていた

「心配なことがあったら　いつでもいらっしゃい」

事務官が当惑げに立っている――

「二人の先生も　そうおっしゃるし　納得がいかないなら他の所で見てもらったら――」

ぼくは笑みを浮かべ頭を下げた

ぼくは　あわてていたのだろう　癩予防法があるとは言っても　診察料のこともたずねずそそくさとその室を出ていた

お礼の言葉もいわず　診察料も払ってはいなかった

それにぼくは　かかとに　靴ずれで固まってしまった結節に神経の麻痺があるのを　気になりながらたずねるのを忘れていた自分に気づいていた

いまもどってたずねる勇気はぼくにはなかった　ぼくは住所氏名を偽ってしゃべっていたほか　家族のことも　なにひとつ話してはいなかった

いまもどったら精神を病んでいると思われるだろう

それにしても診断を　すぐに下そうとしなかったのには疑惑があったからではないだろうか
そしてあの丹念な診察にも疑心がわいてくるのだった
また　いつでもいらっしゃいといった女医の言葉にも　新たな疑惑心がわいていた
女医の言葉のひとつひとつを　所作のひとつひとつを　ぼくは反芻しはじめていた

発病を話した時の　マスクの下の女医の細い目はそして　驚愕の色　あれはなんだったのだろうか
「心配なことがあったら　いつでもいらっしゃい」という言葉も　疑惑があればこそ　敢えて言ったのではないだろうか

いくども反芻をくりかえしているうちに　だが安堵ともつかぬ　なにか　ぼくの疑心を洗っていくものがあった
〈十数年もまえの　他人の人生に心をよせる　そんなことがあり得るものだろうか〉
他人の苦しみに心をよせ　その苦痛を共有する　そのようなことが存在することへの不思議さは――なにか　ぼくの猜疑心を洗っていくものであった

乾いていたぼくの心に　静かに砂地をぬらしていくよう　平安がしみとおっていった
〈あの人は戦中戦後の苦難を超え　弱者へ手をさしのばす　癩者への医療に　終生たずさわってきたのだろうか〉
女医のイメージは　いつとはなく　戦後も韓国へとり残されている　叔父龍次郎の遺児　千鶴への想いへと重なっていた
行き倒れ先の避病院の一室　さむざむとしたレンガの壁のなかで　生を終えねばならなかった癩者の父親
ただ一人　見とらねばならなかった　七歳の千鶴
――ひとり千鶴をおいて逝く叔父龍次郎の姿が　目の前に浮かんでいた
親類縁者の誰にも言おうとしなかった　満州延辺の地で眠る　早く逝ってしまった妻
龍次郎が残していったものは　避病院から　遺児千鶴を託す兄善三への電文だけであった
「イジヒキトリコウ」

もらわれてきたわが家で　すぐに養女に出され　近づかせようとしなかったなかに　ぼくもいたのではなかったのか

対馬の見える釜山まで来ていながら　引揚船に乗ろうとしなかった千鶴が　いま浮かんでいた

〈生きねばならない　千鶴　とともに〉

それが女医へのお礼の言葉となるにちがいないと思えた

（二〇〇〇年八月）

レプラなる母

祖母ユキのたどった道

序

昨年、日本のアウシュヴィッツと恐れられた草津重監房を生んだ「らい予防法」が廃止されました。一年前に、長期にわたってこの「らい予防法」を黙認してきたことへの反省が、日本らい学会から出されていましたが、改めて「らい予防法」を生んだ日本の歴史の重さに愕然としています。

明治三十二年（一八九九年）、日清戦争に勝利した日本政府は欧米諸国との間で結んでいた不平等条約改正を行ないます。その年、第十三回帝国議会に「癩病患者及び乞食取り締まりに関する質問」が根本正議員から出されます。条約改正後、居留地から出ていく外国人の目にハンセン病患者の姿が触れることは国辱であるとして、ハンセン病患者と乞食の取り締まりが議論されたのでした。

ハンセン病は、当時植民地、半植民地のアジア、アフリカ、太平洋地域の国々に多く、明らかに栄養、衛生状況の劣悪さに原因があると見られるハンセン病患者が、植民地並みに大勢いては、日清戦争に勝利し一等国となった「大日本帝国」の体面にかかわるとして、なんとしても隠蔽する必要があるという、外交的理由から議論は高まっていたのでした[1]。

明治三十五年（一九〇二年）の第十六回議会にも再び「癩病患者取り締まりに関する建議案」が出されます。そしてらい予防法の前身ともいえる「明治四十年法律第十一号　らい予防に関する件」政府案が一九〇七年可決成立されます。

その年明治三十五年（一九〇二年）志願兵として私の父村上善三は、大日本帝国海軍に身を投じます。

地租増徴継続案・海軍拡張案が閣議決定された年で、清国義和団事件鎮圧においては、日本は、英・米・露・独・仏・伊・オーストリア等、八カ国の連合軍中、最大の二万二千名もの軍隊を清国に派遣して、英国との協約どおり、百万ポンドの援助金を得てその年ロンドンで日英同盟協約に調印します。福沢諭吉の脱亜入欧論が着実に進展を見せていた時です。

琵琶湖、湖北・湖西を結ぶ近江路と日本海をさえぎっている野坂山系。野坂山系が日本海に迫る分水嶺・御岳山のふもとに父の生家がありました。

京街道、若狭街道、北陸道が交差する敦賀松原、敦賀湊から若狭の国まで一里半、国境《くにざかい》の椿峠を越えてすぐの集落が耳村佐柿でした。

丹波、小浜からは松並木の街道を行き耳川を渡るとしばらくしてのぼり坂になり、御岳山のふもとの鍵型の形をした集落にかかります。集落が切れると椿峠を前にして一呼吸し、たたずむのです。その部落のはずれに街道をはさんで真宗の無人寺と、駄菓子、餅、甘酒などを売る茶屋があり、そこが父の生家でした。

狭い屋敷の裏には、部落の共同の苗代を入れる四角い池などがあり、昔は集落の木戸番的役割を担っていたと思われます。代々、木地師、木びきを生業《なりわい》としており、部落から少し離れた峠よりの窪地に、親類筋だったといわれる鍛冶師、川西の屋敷跡が残っていました。

祖父・定吉は、この川西の縁続き、敦賀の鍵屋町河西から入夫し、祖母・村上ユキの夫となっていました。曾祖母・村上すぎの夫となる五太夫も、鋳物師の地名をもつ敦賀松原から入夫したと言われています。

中世、関ケ原の戦いで敗れ、自刃した大谷刑部の城下町であった敦賀は、古来、大陸からの来朝使節や商人をもてなす松原客館が置かれていたといわれ、渡来人がもってきた鍛冶師の技術は当時も鍵屋町、鋳物師の町名として残っていました。

中世、関ケ原の戦いで近江、国友の鉄砲鍛冶師と共に大量の火縄銃を差し出したといわれる鍛冶師は、大谷刑部自刃の後は一族郎党、縁のあった者達は跡かたもなく四方に消え失せたといわれます。草津までも治療に赴いたハンセン病を病む大谷刑部の血筋家系も同じく四散し地下にもぐったものと思われます。鍛冶師河西家の家系もその影響を受けていたのでしょうか——。祖父・定吉の縁筋にあたる村はずれの鍛冶師川西の家は、父善三の代には家系は断絶したままになっていました。

木地師、鍛冶師は漂泊民といわれ、その家系からか、村では一畝の田畑もなく、三度の飯にも事欠く生活から、父は十五歳の時、長男の身でありながら舞鶴海兵団へ入団します。後年二十五歳で隣村のアメリカ移民の中山正一と再婚し、北米合衆国ユタ州マグナ市で二児を残して三十一歳でなくなる二歳年下の妹のトシ。十一歳で川西家へ養子縁組となり後、若くして行方不明となる八歳年下の弟龍次郎を佐柿へ残したまま。

父善三は明治三十七年（一九〇四年）の日露戦争、日本海海戦にも参加。大正三年（一九一四年）の第一次世界大戦、シベリア出兵。また満州事件に始まる十五年戦争へと、いわれなき家名をただすため帝国軍人として敗戦までの四十三年間を務めあげることになります。

今ここに姉より送られてきた一枚の写真があります。本籍地より取りよせた戸籍謄本をもとに照らし合わせています。赤ちゃけた写真の裏には、昭和十二年一月一日、佐世保、祇園町於と記されています。父が舞鶴海兵団に入団してから既に三十五年がたっており、この年に日中戦争が始まっています。

昭和十二年といえば、既に十年前、昭和二年若狭の佐柿で祖父定吉が他界しており、その五年後、祖母がなくなった後は、佐柿の家は空家同然、廃絶となっていたはずです。

一家全員が揃っているこの写真は、アメリカに移民し、なくなった妹トシの一家が帰国し、またわが家に孤児として引き取られていた弟龍次郎の娘千鶴もそろえた、村上一族の記念写真をという父の思いがあったにちがいありません。

海軍第一種軍装の金モールの入った礼服、山高帽の礼装に身を固めた父の胸には六個の勲章さえ飾られ、軍刀を携えて謹厳な面持ちです。礼装の腕についている二本の金モールは、海軍特務中尉の階級を示しています。この写真の中に、父の妹トシ、弟龍次郎の姿が見当たりません。

戸籍謄本では、妹のトシは明治二十二年佐柿で出生。明治四十五年、佐柿の八木岩吉と協議離婚した後、大正三年隣村、山東村の中山正一と婚姻となっております。その後、アメリカ合衆国ユタ州マグナ市で大正九年、長女　光子・二歳、次女　郁子・生後三か日を残したまま他界しているはずです。

また、弟龍次郎は、明治二十八年佐柿で出生。明治三十九年、川西清吉へ養子縁組とのみ記されており、この後戸籍から消えています。十一歳の時鍛冶師川西家へ養子として出されたまま、後は空白となっているのでした。

ただその娘の千鶴は、この写真の中にも、白い童顔に恥じらいの笑みさえ浮かべセーラー服姿で立っています。この時、孤児としてわが家に引き取られており、それからすぐに養女に出されたはずです。

この写真の中の、父の妹トシの長女・中山光子、それから千鶴も、この後、消えてしまったのでした。

既にこの写真の中にいない川西龍次郎、中山トシの存在と共に、中山光子、川西千鶴の名は、長いあいだぼくへのトゲとして突き刺さったままでした。

この社会から消えていった従姉の千鶴、光子、叔父龍次郎、叔母トシは、何の恨みも言い残さず消えていったのでした。龍次郎、トシを生み育ててきた祖母ユキの心境はどんなものだったでしょう。

一昨年、戦後五十年の年、朝鮮人慰安婦問題が日本に突きつけられた時、そのうらみ、この悲しさを知るためには、どんな苦渋があろうとも、その悲しみと重なる、同根の自分の内にある真実を明らかにし、解きあかさねばならない、このことがそれ等のことに応える道だと考えました。

一昨年父親と自分とを問うた『青春の遺書』につづいて、このたびは「日本人の遺書」として、祖母の想いを、明治・大正・昭和にさかのぼってたずねようと思っています。

一

私ユキは安政五年四月、養父五太夫、母すぎの次女として佐柿で生まれました。姉のウタが嘉永五年一月やはり佐柿で出生しております。

安政五年（一八五八年）といえば、ペリーが浦賀に来航「黒船現る」で長い鎖国の夢をさまされて五年、ついにアメリカの圧力で六月十九日に日米修好通商条約を結ばせられ、七月十日オランダ、十一日ロシア、十八日イギリス、九月三日フランスと、やつぎばやに不平等条約を結ばせられ、清国のアヘン戦争につづいて今や一挙に列強の属国となる脅威にさらされていました。

神国日本を絶対とする強固な排外思想の攘夷か、開国かでゆれ、十年後の明治維新へつながる胎動が、すでにこの福井・若狭でも始まっていました。

九月七日、幕府の政治を批判したかどで、若狭・小浜藩を追われ浪人となった元小浜藩士梅田雲浜が、彦根藩主・幕府の大老　井伊直弼《なおすけ》排斥を企てたとして逮捕されたのにつづいて、十月二十三日、越前・福井藩主　松平慶永《よしなが》のブレーン橋本左内が攘夷論に固執する孝明《こうめい》天皇をも批判する開明な政治改革論を唱えたとして拘禁され後、処刑されます。また十二月五日、長門では老中襲撃を企てたとして長州藩の吉田松陰が投獄され翌年五月江戸へ護送された後処刑されます。

この七五名の犠牲を生んだ安政の大獄は、近江・彦根藩主井伊直弼が幕府大老となって、幕府による専断・独裁という伝統を守ることに執念を燃やしたためにおこったものですが、今度はそれへの報復として、翌年三月、水戸脱藩浪士ら十八名による井伊大老暗殺事件、桜田門外の変へとつながっていきます。幕府最高権力者の暗殺は、以後幕府の屋台骨を揺るがす激しい政争となっていくのでした。

攘夷か開国か、勤皇か佐幕かで揺れる大政争は、敦賀にも及んでまいりました。元治元年（一八六四年）三月、水戸筑波山で挙兵した後、幕府に追われ一橋慶喜を頼って京にのぼろうとする水戸藩天狗党八一八名が十二月十六日、木の芽峠を越え敦賀新保駅で、積雪と寒気の中で幕府軍に追跡包囲され、ついに加賀藩兵に投降したのでした。それからは敦賀船町にある十六棟の鰊小屋に拘禁されて、二月四日から二月二十三日の十九日間もかけて、三五三名にのぼる人たちが松原の来迎寺《らいこうじ》野で処刑されます。

刑場といえば、松原の白浜に掘った三間四方の穴が五個。その前に斬首の座があり、首を差し伸べた瞬間、噴きあがる血と共にけいれんする四肢、胴体が次つぎに穴の底に投げこまれました。「討つもはた　討たるるもはた　あわれなり　同じ日本のみだれと思えば」。首領、武田耕雲斎が最後に遺した歌だといわれます。

当時、六歳になったばかりの私は、隣の町から伝わってくる、このむごい話に身震いしました。

四年間にわたる政争と、数年間続いた不作、開国の経済変動からくる諸物価の高騰は、全国に世直し一揆、打ちこわしを起こさせ爆発寸前にまで高まっていました。徳川幕府将軍・慶喜はついに大政を朝廷に奉還することを上奏。また王政復古のクーデターが断行され、政争に終止符が打たれることになります。

慶応三年（一八六七年）一月九日、前年十二月二十五日に父孝明天皇の急死により即位した祐宮睦仁《さちのみやむつひと》明治天皇は、翌年三月十四日京都御所で公卿・諸侯を前に「五箇条の誓文」を読みあげます。維新政府の建国宣言であるといえましょう。しかし同時に民衆に対しては「五榜の掲示」を示し、五倫の道など旧来の儒教道徳を強調し、徒党・強訴の禁止とともに、邪宗門キリスト教の厳禁を継続しました。五箇条の公議世論政治、開明進取の大方針とは似て非なる保守性をもっており、維新政府の二面性を示していました。

十六歳で即位し十七歳で「五箇条の誓文」を神々の前で誓った天皇は、若年で即位したため成人するまでの政治的発言の記録は残っておらず、明治維新の五箇条の誓文等は、側近の岩倉具視らの主導によったといわれます。この建国宣言が江戸総攻撃予定日三月十五日の前日に行なうということは意味深いものといえます。

一月三日鳥羽・伏見で始まった薩長と旧幕府軍の戊辰《ぼしん》戦争は、既に民心は新政府側に傾いており、翌月には勝負はきまっていたようなものでした。いち早く近江・奏荘町金剛寺で結成され、新政府軍の先鋒隊となって中山道を進む相楽《さがら》総三ひきいる赤報隊は、沿道の諸藩に新政府への協力を求め、農民には年貢半減令を宣伝し歓迎を受けていました。赤報隊は薩摩藩の関東・江戸攪乱工作に従事した浪人隊の後身で、各地の草莽の志士からなっており、沿道各所で世直しに期待をかける多くの民衆から支持を受けていました。世直し一揆は幕末にもまして高揚していったのでした。

しかし三月、戊辰戦争の勝利を確信するにつれ、新政府は御一新の仮面を脱ぎ捨てていき民衆を裏切ったのでした。年貢半減令がたちまち取り消され、中山道を進軍していた赤報隊の相楽総三らは三月三日「偽官軍」として捕らえられ、諏訪明神の並木に縛りつけられていた六十人の赤報隊員のうち八人が夕刻町はずれの刑場に連行され斬首されます。八月には当分旧幕府の税法を踏襲することが布告され、さらに新規の租税が増徴されたのでした。(2)

明治元年、私ユキは十歳、姉のウタは十六歳になっていました。母すぎはいつも口癖のように申していたそうです。

大政奉還とか、王政復古とか、それはよそさまのことで私たちにはなんの関係もないこと。それより養父五太夫の行方だけが気になっていました。

日がな一日、峠から下りてくる人、上っていく人たちをユキは店先から眺めていました。何も変わらない御一新なのに、白い巡礼着の姿だけが目に焼きつくように残っていました。たまによる定吉の兄、為吉が五太夫の噂をたずねた後、敦賀湊の移りようを聞かせてくれるのが、なによりの楽しみでした。

三層の城のような黒船が、煙をはいて敦賀の海を走りまわっている。アメリカの黒船は一週間近くも若狭湾に泊まって測量しており、そのため女、子どもを山に隠したとか、為吉が話していたことは、はっきりと覚えていますのに、父五太夫のことは、その面影さえ記憶にないのでした。

私が生れると、すぐに近江に行くと出かけたまま、いつまでたっても戻ってこなかったといいます。それまでも山仕事で近江の国へ出かけることがあったりして初めは気にもしなかったと、母すぎは申しておりました。

あれは二、三歳のころだったのでしょうか。ほほずりされていたのでしょう。鬚のちかちかしたむずがゆさ、いつもひざに抱かれていたのでしょうか、おしりのあったかいぬくもりだけが奇妙に残っているのでした。

それまでも殆ど家にいることはなかったといいます。頼まれれば断わることをしない、お人好しのため金もうけができなかったと、母すぎの口ぐせでした。

物心ついてからでした。賢い動物は、死を知ると、家を離れ、決して肉親にはみにくい死にぎわを見せないものだということを為吉から聞かされました。

二十四歳でした。戸籍簿を見た時に始まります。

戸主五太夫・すぎ　次女　村上ユキ、明治十五年二月十五日相続とのみ記載されていますが、戸主　五太夫の死亡に関する届はどこにも記載されていないのです。戸主　村上五太夫死亡により村上ユキ相続と書かれているのが当然なのに、戸主　五太夫には死亡の届出のできない事情があったのでしょうか。

私は家督を相続して翌年、河西定吉と結ばれます。鍛冶職の川西家に敦賀からまいっておりました定吉、為吉の弟でした。正式に入夫貰受、家名を譲渡したのは明治二十年一月五日、長男善三が出生する前の月でした。遠縁とはいえ為吉と祖父　五太夫は、何か強い縁で結ばれていたように思えます。五太夫のすべてを為吉は知っていたのでしょう。

母すぎは私が家督を相続する一年前、明治十四年に死亡していました。姉のウタもその前に敦賀に後妻として嫁いだままでした。

定吉は鍛冶職人に似合わず気持ちのやさしい人でした。善三が生れた時の定吉の喜びようは、今まで見たこともないものでした。新しい天子様の誕生だと、為吉も祝ってくれました。天のさずかり者として、部落の誰かが今後どんなことを言おうと、私はこの子を立派に育てようと心に決めました。

夜、闇の中を伝わってくる、峠を越えて坂尻からひびいてくる海なりの音さえ、この子と私を祝福している声のように思えるのでした。わが家に光がさしこんできたのでした。定吉は朝早くから川西の鍛冶屋に、私も茶屋の仕事に精出しました。

若狭路は、敦賀金山から関峠を越すと、一瞬目の前に若狭湾がひろがり一直線に延びる白浜を右手に、樹齢百年を越す松並木がつづきます。目の前を、不意に日本海にせり出た野坂山系の御岳山がさえぎります。坂尻からは屏風岩にくの字をほったようなけわしい椿峠の坂を上らねばなりません。中世にはここに国吉城が築かれ幾度か古戦場となったのでした。

急斜面の坂をのぼりきると、ゆるやかなだらだら坂が続いて初めての集落、佐柿に入ります。旅人は部落の入口で一息つき、茶屋の前にたたずむのでした。

御岳山のふもと、国吉城の城下町としてひらけた集落は、敵方の目をくらますため街道の先は必ず折れており、先が見通せないように道路は鍵型の構造となっていました。

部落に入るとゆるやかな上り坂になっており、突きあたると道路は直角に右に折れ、部落の入口から先は見通せないのでした。

茶屋の前にたたずむ人に声をかけてはお茶を出し、行き先をたずねては日の落ちるまでに行ける宿場を教えるのが私の仕事となっていました。

遠敷から小浜、宮津、綾部への丹波街道。小浜を経て京に上る若狭街道。耳村河原市から耳河に沿って栗柄越えで塩津、大津をたどる京・大阪への西近江路。近江の国　竹生島　宝厳寺の西国三十三巡礼へ向かう志由ん連以路《じゅんれいみち》。耳学問で知った街道を私はいつも教えたものでした。

五太夫の時からそうであったように、一夜の宿を乞われれば断ることはいたしませんでした。

巡礼の人も、またたとえ乞食袋を下げた「非人」の人たちであろうと、裏のわら小屋を提供したものです。旅の人は皆私たちの客人でした。

出入りしていた道具屋がよく申しておりました。この家には不釣合の高価な書画があるというのです。五太夫がいたころ、一夜を過ごしたお礼にと、粋人の客人が書き残した書画、ふすま絵、屏風の書などがそれでした。

二

明治二十二年二月、長女のトシが生まれました。目元の涼しい色白の子でした。わが家はまた賑やかになりました。

あの日は、梅雨明けとはいえ、まだ蒸し暑い日がつづいていました。夜遅く突然、巡礼姿の姉ウタが婚家先の敦賀から戻ってきたのでした。二十五の時に後妻として嫁いでから十六年がたっておりました。先妻の子の二児を育て、二人の子を生んで四十一になっていました。何があったのでしょう。

聞くのはつろうございました。

前から、死んだとも生きているとも判らぬ五太夫の行方で、あらぬ噂が敦賀でもたてられていると聞いておりましたが、何があったのか。五歳になる娘のことだけが気になるのか、気丈な姉が涙を流しているのを見てもらい泣きいたしました。なにも言おうとはしませんでした。

姉は五太夫のことはすべて知っていたのでしょう。佐柿でも嫁に行くまで、弱い母を助け苦労の連続でした。

「必ず帰ってきます」と言い残し、夜の明けきらぬうちに栗柄峠へ出ていったのでした。

昔から一人のらい病患者の周囲には十五人の不幸が起こると言われてきました。発病すると、妻も子も、親戚までもが、社会の人からつまはじきされ、つきあいを拒否されてしまうというのでした。

親であれ、子どもであれ、いったんらいにかかった者は、災いが肉親に及ぶのを恐れながら、土蔵の奥や納屋の片隅で藁や襤褸にくるまり、血膿にまみれ、苦痛を訴えることも許されず、涙にぬれて、死を待つか。さもなければ夜更けに故郷をぬけだし、物乞いとなって見知らぬ家々の軒下に立ち、あるいは縁日から縁日へ渡り歩き、やがてどこかの河原で野垂れ死にするしかなかった、と大竹章氏は――「らいからの解放」その受難と闘い――の中で記しています(3)。

前世において、仏を冒瀆したたたりから生れたもので、信仰をあつくすることで救われるという『宿命論』や、またらいを遺伝としてみる考えは、ずいぶんうすくなっていたのですが、当時、富国強兵をもとに朝鮮を犯し、清国をもくだし、欧米列強の仲間入りをしようとする明治政府は、ハンセン病患者を取り締まることはあっても救済し治療をすることは論外のことでした。黙ってハンセン病患者が乞食のようにさまよい歩いているのを見ているだけでした。

近代日本国家が当初から見失っていた人権の問題を、当時、日本社会に訴えようとした先駆的活動があったことを私たちは忘れてはなりません。そしてこのことが一外国人宣教師によって始められていることを日本人として恥じねばならないでしょう。

多磨全生園・入園者自治会機関誌『多磨』に、歴史学者の藤野豊氏が「いのちの近代史」として、長期にわたって連載したものがあります。一部を抜粋し、紹介したいと思います。(4)

神山復生病院が静岡県御殿場市に建てられたのは明治二十二年（一八八九年）五月のことで、らい予防法の強制隔離を推進する光田健輔が回春病室を設置する十年前のことです。

創設者はフランス人宣教師テスト・ウィード神父で、明治六年（一八七三年）来日、東海地方を伝導して歩くうち、随所でハンセン病患者のみじめな生活に触れ、救済を使命と感じるようになったといいます。神奈川県南多摩郡の被差別部落にも布教に出向き、この地の信者の中から、山上卓樹らの自由民権運動家を生み出す契機をつくっており、被差別部落の人々との交流の事実も明らかになっています。

神山復生病院では、経営に患者の自給自足をとり入れました。最初患者は二〇名ほどでしたが、経費は十分でなかったのを補い、患者は重症でない限り働く力をもっているので、修道院のように炭は山から木をきってきて焼き、藁草履をつくり、また鶏や牛を飼って卵や乳をとり、糞を肥料にして野菜やお茶を栽培して、製茶から味噌まで「自家製造」をしました。

神山復生病院の五代目院長ドルワルド・レゼーは、後、らい予防法の前身といえる明治四十年法律「癩予防に関する件」が制定されると、すぐに批判を開始しています。「世の癩病患者にしてことごとく大罪を犯したものならば、之を終身禁錮するも無期の徒刑に処するもまことに易々たることにして何の細則も苦心も要せず。然れども彼等は罪人にあらず、また古人の思えるが如き天刑病者にもあらざるなり。彼等はかの花柳病者のごとく自らの品行が招きたるにもあらず、全く不幸にして得たる伝染病なり。癩疾を患へたりとて同じくこれ日本国民なり……。概して結核性疾病のごときは癩病より伝染力強きを通例とす。されば癩病患者に対して余りに厳酷なる取締法を立つるは学理上より見るも適当なるものにあらず、これを実施するに当たりては癩病専門家の研究せる多数の意見を参酌すべきなり」

レゼーは、ハンセン病患者が犯罪者と同様に扱われることを心配しており、三代目院長のベルトランの意見も紹介して「罪なき癩病者を罪人の如く遇し、あるいは牢舎に投ぜられたるの感」を抱かせるようでは、療養所の統一は保てないと警告し、それよりも「親切厚情」をもって患者に接することが良策であると強調。そのうえで、これから法律に基づいて設立される官立のハンセン病療養所について、五項目の注文さえつけていました。

神山復生病院では、そのために家族的雰囲気を保とうとしてハイキングや芦ノ湖での水泳などのレクリエーションさえ実施していました。そうした実績をもとに、取締りの強化を警戒したのでした。レゼーやベルトランのハンセン病療養所に対する考え方と、内務省官僚や光田健輔のそれとの間に、大きな隔たりがあることが歴然としています。

弱者をないがしろにするこのごうまんはどこからきたのでしょうか。

明治二十二年、ウタが離縁となり、四十歳過ぎたか弱い体で、巡礼に旅立った時に、話を戻します。神山復生病院が設立されたこの年は、明治二十二年（一八八九年）二月十一日大日本帝国憲法が公布された年でした。

この日憲法発布を祝う官民あげての慶祝行事がとり行なわれました。式典はわずか一〇分で終了しますが同時に祝砲がとどろき、東京の空に市内の鐘がいっせいに鳴りひびき山車《だし》がくり出します。市民はお祭りに酔っていましたが、これを冷静に見ていた一外国人ベルツは、日記に次のように記しています。「いたるところ、奉祝門、照明、行列の計画。だがこっけいなことに、だれもが憲法の内容を知らないのだ」

ベルツは日本政府がドイツから招いたお雇い外国人の一人として明治九年来日。二十九年間、東京帝国大学で医学教育と診療に従事し天皇、皇太子の侍医として、また日本の医学界を指導し、たびたび草津を訪れ、草津を愛し今もベルツ通りがあるとおり、草津町民から慕われていました。ドイツ医学界に草津の熱水とハンセン病治療に関する論文も発表しています(5)。

一八七〇年代から八〇年代にかけては自由民権運動が高揚した時期でした。明治政府は大久保利通にみられるように、はじめ天皇制を急速な工業化達成のために過渡的専制として構想していたのですが、のちに自由民権派の政権獲得を防止するために、絶対的権力としての天皇制の確立をはかったとされています。近世において政治的に無力な存在であった天皇家が、大日本帝国憲法においては国家の主権者とされ、広範な天皇大権をもち、軍隊と官僚と華族に守られた超越的世襲王権となったのでした。

国民は臣民としての絶対的服従を強制され、そのイデオロギーとしての集約である教育勅語が翌年（一八九〇年）十月、陸軍の最高実力者・山県有朋首相によって発布されます。そして全国の学校に配布され、元旦などの儀式のさいには校長がこの勅語を読みあげ、浸透する措置がとられました。

教育勅語とあわせ、明治天皇・皇后の御真影が各学校に配布され、奉安殿に収められました。ただこの御真影は天皇を直接撮影したのではなく、イタリア人画家キヨソネの描いた油絵を撮影したもので、肖像は何枚かありましたが、次第に威厳に満ち、軍服姿のものになっていったということです。

巡礼の旅に出たウタは、二度と戻ってこなかったのでした。

明治二十七年（一八九四年）三月、隣国、朝鮮全羅道で李王朝の虐政に抗して農民が蜂起し、甲午農民戦争が始まりました。

六月二日　清の朝鮮出兵に対抗して、政府は混成旅団の派遣を閣議決定しました（六・七清国に通告）。

六月十日　大鳥圭介朝鮮駐在公使が陸戦隊を率いて漢城（ソウル）に帰任し、十二日には仁川に混成旅団の先遣隊が上陸しました。

蜂起の農民軍は六月十日、朝鮮政府とすでに和睦し、日本の出兵理由は消滅していました。しかしイギリスやロシアによる干渉の危機はうすれたと判断した日本政府は、開戦の口実を求めて朝鮮政府につぎつぎと内政改革の要求を突きつけ、七月二十三日未明、日本軍は朝鮮王宮を襲撃して高宗を監禁したのでした。そして親清派の閔妃を追放し、親日派の金弘集政権をつくり、大院君を執政にすえました。七月二十五日、宣戦布告のないまま、日本海軍が豊島沖で清の軍艦に砲撃を加え日・清が戦争状態に入りました(6)。

明治二十七年（一八九四年）九月十六日、山県有朋を軍司令官とする第一軍が平壌城内を占領。十月十五日には鴨緑江を越えて中国本土へ侵撃。

大山巌を軍司令官とする第二軍は十一月二十一日、旅順要塞をわずか一日の戦闘で陥落させ、翌年二月、清国北洋艦隊の根拠地・威海衛を占領して北洋艦隊を壊滅させます。

明治二十八年（一八九五年）四月の日清講和条約では思いどおり植民地的利権を確保します。つい前までは、阿片戦争から植民地へと、隣国、清国と同じ列国の侵略の脅威にさらされていた日本が、今度は列強の仲間入りをしてその清国を下し、列強と肩を並べ、清国領の遼島半島、台湾、膨湖島を割譲させたのです。そして今までは清国が宗主国の朝鮮を独立自主の国と清国に認めさせ……。その上、使った戦費をはるかに上回る三億円にのぼる賠償金を清国から得たのでした。

全国各地でも、日清戦争の祝いの催しが盛大に行なわれていました。敦賀でも、一年前には徒歩行軍で敦賀に集結、広島に向かった鯖江、金沢方面の出動部隊が今度は凱旋部隊として敦賀に列車で到着。打ち振られる歓迎の旗に迎えられ、明治二十八年十月原隊に帰還していきました。

ここで為吉がユキにもらした言葉を伝えねばなりません。明治二十七年十一月二十一日旅順に入場した日本軍が旅順陥落の翌日から四日間にわたって行なった非戦闘員、婦女子、幼児などへ起こした残虐行為です。十一月二十八日付ニューヨーク・ワールドにも「六万人を殺害し、殺戮を免れた清国人は旅順全市でわずか三十六人に過ぎない」と、報道したといわれます。

陸奥外相から連絡を受けた伊藤首相は「取乱すことは危険多くして不得策なれば、この儘不問に付し専ら弁護の方便を執るの外なし」と指示し、この事件の責任は、結局は問われることなく、その結果、この種の残虐行為を続発させることになったといいます。(7)

威海衛占領派遣軍は敦賀港からも出征していました。

伊藤博文、大山巌、山県有朋、西郷従道らは日清戦争の論功行賞として侯爵を受けられました。しかし、日清戦争の実態は、やる気のない、しかも清国軍隊の一部である北洋軍閥とのみ闘って、連戦連勝したのでした。

日清戦争が終わって半年もたたぬ明治二十八年(一八九五年)十月八日、駐朝公使三浦梧楼(予備役陸軍中將)は、ソウルの日本守備隊長楠瀬幸彦と共謀、日本守備隊護衛のもと大院君を擁してクーデターを起こしたのでした。

八日未明、日本領事館員、巡査、民間の壮士たちが、朝鮮王宮、景福宮に侵入、白刃をふりかざして閔紀王妃の寝室に乱入して、王妃と思われる婦人三人を殺害し、門前の松林で石油をかけて焼き払ってしまったのです。この兇行は、当時宮中にいたロシア人のサバチンと、王宮警備の親衛隊を訓練していたアメリカ人のゼネラル・ダイも見ていたといわれ、夜があけてから異様な風体の日本人が王宮から引きあげてくるのを、一般の朝鮮人も見ていたため、ソウル市内は騒然たるありさまであったといいます。

一方この間に、宮廷では大院君の執政のもとに内閣の改造が行なわれ、親日派の内閣ができましたが、この内閣がやったことといえば年号を改めたことと、断髪令をだしたことぐらいといわれます。「是デ朝鮮モ愈々日本ノモノニナッタ、モウ安心ダ」と三浦公使はもらしたといいます。後に、三浦梧楼は日本が韓国を併合した後、天皇の信任を得て枢密顧問官に任命されています。(8)

三

明治二十九年(一八九六年)十月、法律第十八号により敦賀港が開港外貿易に指定されます。その前の年でした。龍次郎が生まれましたのは。

龍次郎は初めから定められた運命で生れてきたように私には思えるのでした。そのことに逆らわなかった私たちが悪かったのです。定吉が養子として村上家に入ると決まった時、定吉の兄為吉は私たちに、私たちの子が生まれたら必ず川西の家を継いでほしいと言ってたのです。佐柿の川西の家が絶えるのを恐れていたためでしょう。

既に絶えたも同然の川西の家でしたが五太夫とのあいだで何かがあったのでしょう。為吉はすべてを知っていたように思います。為吉の弟定吉が、敦賀の河西家から親類筋とはいえ佐柿の鍛冶職川西へ手伝いにきていたのですから――。名字はわざと違わせていたのでしょう。

龍次郎は長男の善三とちがい、子どものころから気性のはげしい子でした。よく傷だらけになっておもてから帰ってまいりました。姉のトシがいつも涙をためて、龍次郎をさとしていた姿が今も目に浮かびます。なにか言われようものなら泣きじゃくって決して相手を離さないというのでした。

佐柿の家にいる時より、定吉の実家の敦賀にいることのほうが多かったようです。村での噂を子ども心に知っていたのでしょう。

龍次郎と比べ、善三はおとなしい、がまん強い子でした。かったいの子という言葉を、善三から尋ねられたのは、まだ小学校に入る前、六歳の時でした。外でなにかを言われたのでしょう。私の涙を見て、二度とそのようなことを尋ねることはありませんでした。そしてその言葉に堪えねばならないことを子ども心にも悟ったのでしょう。

三度の食事にこと欠く生活から善三は、龍次郎が学校に入る前に自分で選んだ、手当ての多い海軍へ、舞鶴の海兵団に志願します。明治三十五年のことです。

ロシアとの戦争が噂されていました。ロシアからのたくさんの引揚者が、敦賀港にもどってきて市内の小学校へ収容されます。

明治三十七年（一九〇四年）二月、ロシアとの戦争が始まりました。翌年四月ロシア軍の捕虜五百名が敦賀町と松原村に送られてまいりました。善三は舞鶴から軍艦に乗り組み、九州の佐世保に移っていました。ロシアとの海戦に備え、艦隊がつくられていたそうです。明治三十八年五月二十七日、あの海軍記念日となった日です。ロシアのバルチック艦隊を対馬沖で迎えた連合艦隊が、日本海でバルチック艦隊三十八隻のうち十九隻を撃沈させ、五隻を捕獲して大勝利をおさめたのでした。「日本勝った、ロシア負けた。日本勝った、ロシア負けた」の熱狂が街中にあふれ、街中いたるところで戦勝気分に酔っていました。

佐世保の海軍病院に善三が入院しているとの連絡が入りましたのは、七月八日のことです。胸に弾を受け手術したというのです。もう戦争が終わったというのに、この時ほどお上をうらんだことはございません。

致し方ないこととはいえ、舞鶴に旅立っていったあの雪の降る日のことをうらみました。あの時どうして引き止めなかったのだろう。為吉の言葉にもっと耳を傾けていたらこんなことにならなかったのに、自分がうら悲しくなりました。悔やんでも悔やみきれるものではありません。たとえ五太夫のような運命をたどろうとも、ただ生きているだけでいいのです。彌美神社にお百度参りを続けました。

翌年、私たちの心配をよそに、善三はうそのような元気な姿でもどってまいりました。敦賀では七月、日露戦争で途切れていた浦塩航路が始まっていました。白い軽快な姿のモンゴリヤ号が、毎週敦賀湾に姿を見せるのです。入港するたびにロシア人が羽二重や友禅モスリンを買い求めて敦賀の街は今までにない賑わいを見せていました。大阪商船の鳳山丸も新しい船体をみせ、浦塩航路は週三便となり、敦賀港はシベリア鉄道を経由してヨーロッパへの玄関口となっていました[9]。

敦賀港から、柳行李にみやげものをつめこみ、成金を目指す人たちがつぎつぎに浦塩へ出かけていきました。身なりからすぐそれと判る唐行さんらしい女性も、年配の男に連れられて出ていきました。

大谷刑部のころ、敦賀湊から京・大坂のキリシタン宗徒が船町の鰊小屋につながれ、風が起きるのを待っていて、蝦夷地に送られていったそうです。為吉がいつも言っていた言葉を思い出していました。「弱い者につけこむ成金亡者には必ず報いがある」

姉のウタ、五太夫、川西の家の人たちのことを思い浮かべていました。

為吉が、大阪へ行くといって出かけたのはそれからまもなくでした。龍次郎もそれまでは、佐柿にいるよりは敦賀の為吉の家にいることが多かったのですが、その時、為吉との約束を守り、龍次郎を川西の籍へ養子縁組として入れました。

龍次郎は学校を出ると船町の造船所へ鍛冶職の徒弟として住み込ませておりましたが、年季が明けるのを待たず、龍次郎は為吉の後を追うように、自分のつてを頼って大阪へ出ていってしまいました。止めても言うことを聞いてくれる子ではございませんでした。龍次郎は初めから私の情がうすかったのでしょうか。

大阪に出てからは、鉄工所とか、造兵廠と、転々としていたようです。龍次郎は、小学校のころから、敦賀の造船所のあいだも、心配の絶えない、手のつけられない子でした。大阪へ出ても、尼崎とか神戸とか貧民窟のある所を渡り歩いていたといいます。龍次郎は初めから善三と違った道を歩み始めていました。自分で自分の運命を決めていたのでしょうか。

為吉からは、なんの便りもありませんでした。考えてみますと、為吉は敦賀にいるころより、佐柿に顔を出す時は必ず十村、遠敷に足をのばしておりました。家に落ちつくひまはございませんでした。遠敷・小浜は私どもが小さいころより自由民権の運動のはげしいところでした。死者が出るなど強訴、米騒動などが多かったのです。あれは小浜の古河力作さんが大逆事件でつかまったことが知れわたってからでした。佐柿の家には為吉は寄りつかなくなっていたのでした。

四

明治四十五年(一九一二年)敦賀では、豪華な貴賓室を備えた二階建て敦賀駅ができあがりました。新橋からの国際列車は浦塩定期航路・シベリア鉄道につながってヨーロッパへの旅を一カ月から半月に短縮したと世間では騒いでおりました。

この年、龍次郎を養子に出した後、すぐに遠敷から舞鶴にいる善三の妻として迎え、四年も連れそってきた出口ミサと善三が協議離婚をしました。ミサは父親に連れられて遠敷に帰っていきました。為吉のことであらぬ噂がたてられていることは知っておりましたが、定吉にもそれと判る徴候が出て噂されるまでになっていたのでした。

それから二月もせぬ間に今度は、佐柿の八木岩吉に嫁いでいた長女トシが、離縁され家に戻されたのでした。十九歳で八木家へ嫁に入ってから四年がたっておりました。離縁される理由はなにもないのです。一歩も外に出ようとしないトシに私は途方にくれていました。為吉がいてくれたらと思うのでした。

翌年十二月、善三に、佐柿の道具屋・高田理七の三女啓が嫁にまいりました。捨てる神あれば、必ず拾う神ありと申したい気持ちでした。道具屋に心から感謝いたしました。啓は気性ははげしい娘でしたが、気持ちのやさしい娘でした。海軍の兵曹となっていた善三と舞鶴で世帯をもち、後に二男三女をもうけます。またその翌年トシもアメリカへ移民していた隣村の中山正一と結ばれ、正一と一緒に北米合衆国ユタ州マグナ市へ旅立って行きました。二十五の歳です。

龍次郎は大阪へ出たあと、ほとんど佐柿に寄りつかなくなっていました。不幸を背負った子ほどいとしいものです。私にとっては忘れることのない、為吉の忘れ形見とさえ思っていましたのに。

最後の日となったのは、龍次郎が朝鮮へ渡る日だったと思います。夜遅く佐柿の家を訪ねてきました。そして朝早くまた、隠れるように出て行ったのでした。浦塩から朝鮮へ渡るのだと申しておりました。あり金を集めて餞別として渡しましたのが、今となれば救いとなりました。これが最後になろうとは夢にも思っていなかったのです。体だけは大きいが龍次郎はまだ十九歳を迎えたばかりだったのです。

敦賀の町は、欧州大戦が始まって浦塩景気で沸き立っていました。でも見知らぬ土地へ行くと思うと、私には心配で心配でたまらなかったのです。なにも話しはいたしませんが、身よりをたよっての追われるような旅だったようです。

この年、大正五年、強制収容したハンセン病患者を所長の判断で身柄を最高一カ月間から二カ月まで延長拘束できる、懲戒・懲罰規定を盛りこんだ法律第二十一号が第三十七議会で可決されます。全生病院では療養所内出生を防ぐためと、断種手術が、既に光田健輔の手によって始まっていました。

大正六年十月にロシアでは、レーニンの指導する十月革命が勃発。翌年一月、日本政府は在留日本人保護を名目に浦塩に軍艦「石見」「朝日」の二隻を派遣します。事実上の軍事干渉でした。この時、イギリス、アメリカ、中国が派遣したのは各一艦だけでした。また皮肉にも二艦のうち「石見」は、日露戦争の日本海海戦で降伏したバルチック艦隊の戦艦「アリヨール」でした。(10)

四月、日本海軍陸戦隊が日本人が殺害されたのを口実に浦塩に上陸します。

大正七年（一九一八年）八月、日本政府は米国の要請により正式にシベリアへの派兵を宣言しました。敦賀港は派遣出征部隊の輸送基地となっていました。七万の軍隊をシベリアへ派遣輸送したのでした。陸軍部隊の揚陸・用兵・駐屯地の確保などのため、舞鶴海兵団からも大量の陸戦隊の出動が相つぎました。善三もこの作戦に加わっていたのでした。

翌大正八年三月には朝鮮京城はじめ各地で朝鮮独立を宣言する万歳事件が起き、軍事弾圧のなかで独立運動は六カ月つづきます。五月中国でも学生反日の五・四運動が始まっていました。九月、斎藤実・朝鮮総督が京城で投弾され負傷します。

このような状況の中で大正九年三月尼港（ニコライエフスク）事件が起きていたのでした。この地の日本守備隊、領事館等がパルチザンの襲撃を受け、海軍部隊約四〇人、その他領事館員、在留邦人約六〇〇人が厳寒の中で孤立し全滅した事件です。

この年二月、アメリカに移民として渡り、北米合衆国ユタ州に在留していた長女トシが、マグナ市で肺炎のため急逝します。生まれてまもない次女・郁子を残したまま。三十一歳でした。十九歳で同じ佐柿の八木家へ嫁ぎ、四年後にいわれなき理由で婚家先を追われ、故郷を捨て、追われるようにアメリカに渡ったトシの、最後に思った日本への想いはなんだったのでしょう。

「七月晴れ、尼港出征軍司令官、中村少将が尼港出征軍戦死者一同の遺骨を携え、軍艦『敷島』に便乗、舞鶴軍港に帰還。港外まで出迎え慰問をなす」と、舞鶴市の小学校日誌に記述されています。複雑な想いにかられています。

大正七年八月から宣戦布告もしないまま始まったシベリア出兵の残したものは、四年余の間に出兵人員十万人、死者三千人。軍事費九億円を費やして、なんら得るところなく大正十一年（一九二二年）六月、政府は撤兵を声明し、十月シベリア全土からの撤退を完了します。ただ浦塩港に対する警備艦の派遣は大正十四年、「日進」の撤退をもって打ち切られるまで続きました(11)。

大正九年十月、シベリアと地続きの琿春では、在琿春領事館が馬賊の襲撃を受けて焼去、日本軍が多数の朝鮮人を虐殺する間島事件が起き、その前、八月には満州・シベリアに根拠地を据える朝鮮独立軍が、間島、青山里で日本軍に勝利する戦闘が起きていました。

浦塩港から朝鮮に入った龍次郎は、豆満江を越え、国境の定かでない沿海州で十年余の歳月を送っていたはずです。龍次郎の青春とはどんなものだったのでしょうか。善三もその時シベリアにいた筈です。

大正十二年四月、軍縮により舞鶴軍港が要港となり、善三は佐世保鎮守府に移籍。善三・啓の家族五人は佐世保市内に転居します。

九月に起きた関東大震災は死者九万千八百二名を数えたといいます。朝鮮人、中国人それに主義者が虐殺されたとのことでした。大阪へ出たままの為吉の身を案じていました。

昭和二年（一九二七年）五月二十九日、夫定吉が佐柿で永眠します。急性の肺炎でした。死亡診断書は肺炎となっておりましたが、胸に斑点が出ていました。龍次郎には知らせることもできず、呼びもどすこともできませんでした。

龍次郎はどこをさまよっていたのでしょう。吉林で、憲兵に追われている龍次郎をかくまってやったとか、匪賊になっているのではないかとか、いくつも無責任なうわさが流れていました。延吉で、朝鮮人の女と一緒にいるのをたしかに見たという人がありましたが、本人からの便りはなにもないのでした。善三の軍歴に傷がつくのをおそれて便りを書かなかったのでしょうか。龍次郎の嫁となった朝鮮をこわす日本をうらんでいたからでしょうか。私には判らないのです。

善三は佐世保で二子をもうけ、特務少尉にまで昇進していました。

啓からの便りで、龍次郎が生きていて、一人娘を連れて日本に帰っていることを知ったのは、忘れもしない善三の五番目の子が、佐世保で生れた昭和三年十一月でした。

娘を連れて屋台を引いている暮らしをしているらしい。善三には黙ってお金を渡すこともある、と啓からの手紙には書かれていました。

なにも語らなくともいい。一度佐柿へ帰ってくるように、啓に手紙を託しました。

食事はちゃんとしているだろうか。娘の年はいくつになって、学校はどうしているのだろう。涙があふれてくるのでした。

最後まで龍次郎は、佐柿へは戻ってはまいりませんでした。

為吉の生まれ変わりとまで思い、ユキが心から愛した龍次郎、その娘の千鶴と、祖母のユキは一度も会うことなく、孫の千鶴の身を案じながら、昭和七年九月十日午前四時二十分、本籍地佐柿で七十四歳の生涯を終えます。やさしい死に顔だったといいます。

前の年、関東軍将校による柳条湖爆破事件を口実に関東軍の軍事行動・満州事変が勃発していました。第一次上海事件、それから満州国建国宣言へと、遂には陸軍将校による犬養首相を射殺する五・一五事件へと、十五年戦争に至る暴走が始まっていました。ハンセン病患者狩りもますます猛威をふるい始めていました。

祖母ユキがなくなって三年後、昭和十年、龍次郎も力つき、博多の避病院に行路病者として収容されます。四十歳にして病み果てた体。冷たいレンガの壁の中で九歳の娘千鶴に看取られながら息を引き取りました。残されたのは、ただ一人の肉親の兄に宛てた電文だけでした。

「イジ　ヒキトリコウ」

龍次郎の、無念の涙を思わずにはいられません。中国延辺の凍土の中に、残してきた朝鮮人の妻について、なに一つ語ることもなく、心から愛し、共に生きた朝鮮・中国について語ることもなく、この世から去っていったのでした。

千鶴の、朝鮮人の母と、ハンセン病を病む父を持つ烙印は、伯父善三の家に引き取られ、養女に出されてからも、消えることなくつづきました。

らい予防法もその手をゆるめることなく、昭和十三年、厳寒の草津「国立楽泉園」に特別病室（重監房）をつくり、全国のハンセン病患者を、逆らう者は送り込んで監禁し、自殺、凍死は二十数名を数えました。「らい予防法」が廃止をみたのは一九九六年四月。戦後も五十一年の歳月を経なければならなかったのでした。

あの日清戦争に勝利し一等国となった日本が、第十三回帝国議会にハンセン病患者と乞食を欧米人の目にふれることが国辱であるとして、取締りを委託してから九十七年もの歳月が流れていました。そして戦争に敗れたあとの民主憲法下において五十一年の歳月がたっていました。戦後の五十一年間とは一体なんだったのでしょう。

祖母ユキ、叔父龍次郎そして祖父定吉、叔母トシは「らい予防法」の廃止も知らずに死んでいきました。行方知れずとなったウタ、そして為吉、未だ生死さえ判らぬ従姉妹の千鶴、光子、多くの、名前さえも消してこの社会から消えていった人たち。未だ復権のかなわぬ多くの人たちに私には今言う言葉がありません。昭和、大正、明治へとたどって、事実を明かすことが今、祖母ユキの霊にこたえることであろうと考えています。

一世紀にわたる過ちは必ず明かし、ただされなければならない。たとえ一世紀かかろうとも。

「参考文献」
（1）・フォーラム「ハンセン病の歴史を考える」　皓星社ブックレット・2　（九五年）
・谺雄二「わすれられた命の詩―ハンセン病を生きて」　ポプラ・ノンフィクションBOOKS2―19

（九七年）

（2）・『日本全史』安政・慶応　講談社　（九二年）

（3）・大竹章　「らいからの解放」その受難と闘い―　草土文化　（七〇年）

（4）・藤野豊『「いのち」の近代史・Ⅰ』　多磨全生園入園者自治会　（九七年）

（5）・『草津温泉誌』第弐巻　草津町誌編さん委員会　（九二年）

（6）・「日本全史」明治・日本史展望三二・近代王権の成立　講談社　（九二年）

（7）・藤村道生　「日清戦争」―東アジア近代史の転換点―　岩波書店　（七四年）

（8）・中塚明　「近代日本と朝鮮」　三省堂　（九四年）

・山辺健太郎　「日韓併合小史」　岩波書店　（六六年）

（9）・「敦賀港の歩み」―年表でたどる敦賀港の歴史散歩―　敦賀市民憲章推進会議　（八五年）

（10）（11）・「舞鶴市史・通史編（下）」　舞鶴市史編さん委員会　（八二年）

（一九九七年十月）

王道楽土「小島の春」

奇妙な国に想う

一

太平洋戦争の始まった年に発病
敗戦のあと　日本で朝鮮戦争が始まった年に　療養所に収容された光子が
ようやく長島の邑久光明園にいることを知らされたのは　らい予防法が廃止されて一年目を
迎えた一九九七年の四月でした
収容されて四十数年がたっていました

叔父龍次郎の遺児　従姉の千鶴の行方も　探し出さねばなりませんでした
前年　叔父龍次郎の足跡をたずねて　博多の県庁　市役所　生の松原　姪の浜　西区役所を
たずねていました
たかが六十年前のことなのに　すべてが消え失せているのでした

娘と一緒に収容された避病院　行路病者として　最後に娘に看とられながら　逝った地はどこだったのでしょう
「イジ　ヒキトリコウ」の電報がきて　父親が博多まで千鶴を迎えに行ったと継母は話していました

〈いまは　何ひとつ残っていないのです〉

そのとき思ったのが　いま残されている道は　ただ一つ
前に読んだ　博多の癩病院を描いている　長島愛生園の本田稔さんに聞く以外にはない
同じ長島の　邑久光明園にいる　従姉の光子にも尋ねてみよう　佐柿の祖母のことも……

五月　手づくりの系図　年表をたずさえて邑久・長島を訪ねていました
中山光子さんは亡くなっておられます　三月二十八日でした　二カ月早かったらお会いできましたのに
園長のおくやみの言葉が　頭の中を吹き抜けていった
長島愛生園の本田さんも昨年亡くなっておられます

光子の後見人であった渡辺さんの案内で
同じ長島の　邑久光明園から長島愛生園へと向かっていました

翌日もまた　くびれた船越の小さな橋を渡っていました
ぼくの青春を支配した　長島のすべてを知りたいと思ったのです
この長島愛生園にはじめからあったものを　そして戦後消えたものを探し求めていました

一九三一年（昭和六年）三月二十七日　全生病院から光田園長と共に　光田園長に選ばれた開拓患者八一名は途中で収容した四名を加え　八五名が大阪港より海路長島に上陸　はじめての入園者となり国立癩療養所　長島愛生園はスタートしたのでした
その時　愛生園には収容所の看板のかかっている　この島に上陸してはじめに入れられる収容病棟をはじめ十幾棟かの寮舎と　最小限度の建物があるだけでした

その中に　高台に三六〇度の視界をもつ望楼　独房のある監房　そして礼拝堂が　ちゃんとできあがっていました

眼下の日出地区の患者住宅　ひろがっているいくつもの寮舎を　一望できる位置に望楼はあ

りました

光ケ丘の中腹の高台　事務分館に連なる高い望楼　六角堂のなかからは患者の動きが手にとるように見えるのでした

建てられたのが園がスタートする前年の一九三〇年（昭和五年）十二月十五日　取りこわしたのが一九八五年（昭和六十年）一月八日となっています

本州と長島を結ぶ人間回復の橋　邑久長島大橋ができたのが一九八八年（昭和六三年）五月でした　その三年前までもこの望楼は生き続けていたのでした

当然一九三六年（昭和十一年）八月十八日　光ケ丘を埋めつくした　生活改善と自治を求める千二百人にのぼる愛生園在園者全員の座り込みのハンストも

蜂起を告げるため乱打された山頂の恵みの鐘も

長島事件のすべてを　その後おこった園側の報復のすべても見たのでしょう

奇しくもこの年二月二十六日は　皇道派青年将校が軍事クーデター二・二六事件を起こした年でした

一九五三年（昭和二十八年）　らい予防法反対闘争で園内が騒然としたとき　光田園長の備前焼きの胸像が破壊されるのも見たでしょう

恩賜記念（資料）館には　今も　望楼のあざやかな油絵が来館者を見つめています

逃走しようとする人を発見するための望楼と共に　患者を監禁する監房も初めから作られていました　出入獄は　園長の権限で自由でした

「監房」は島の裏側の海べりに　火葬場と納骨堂のある万霊山のふもとに　斜面をけずって作られていました

斜面をならした上に　鉄筋コンクリートの三メートル余のぶ厚い　どす黒い塀が立っています

監房の中にはがんじょうな格子戸と厚い壁に囲まれた監禁室があり　腰をかがめねば入れない小さな格子戸のくぐり戸の監禁室は　独房と二人が入れる雑居房からなっていました

内務大臣認可済の国立癩療養所「患者懲戒検束規定」により　脱走逃亡は所長の判断で　監禁減食に罰することができるとされ　逃走した者は二週間の監禁減食が普通でした

食事は　押抜きできっちり計った黒い麦めしに梅干と塩だけ　飲水は湯呑に半分だけで　箸

は落書きをするというのでわたさないというのが通常となっていました

抗う者には　厳寒の地　草津の特別病室（重監房）が待っていました

「自分は療養に来たので働きに来たのではない」と反抗を示した患者が　また逃走を手助けしたことでにらまれていた患者が　逃走中を連れ戻され　監禁中に光田園長の指示により栗生楽泉園の重監禁室に送られ　昭和十八年六月十二日から十二月十七日までの一八九日間「園内不穏分子」として決済書類もなしで草津の重監房に収監されました

二人は縄つきのまま草津へ連行されたのですが　既に二名の者が愛生園から送られて収監されており　うち一名は厳寒の昭和十九年十月十七日　膿胸で獄死し　死体は床に凍てついて離れなかったといいます

草津重監房は　療養者の反抗の芽をつむため一九三五年（昭和十年）史上初の「患者刑務所」をつくった朝鮮の小鹿島更生園からの〝逆輸入〟のかたちで　一九三八年（昭和十三年）に作られたものでした

栗生楽泉園患者自治会編「風雪の紋」は

■特別病室の実体について　次のように述べています

「特別病室と称するも患者収容室は　大きな錠前の掛っている厚さ五寸の厳重なくぐり戸で

四重の鍵に守られている　だからその実は超重監獄に外ならない
八つの独房は　全部外部と同じコンクリートで囲まれているので昼なお暗く　室内は湿気にぬれて『黒かび』が生じている」
○保温の設備がない
○入室患者の夜具は薄い敷布団一枚　掛布団一枚であった
○入室患者には「ゴザ」すら与えず床板の上においた
○冬期は零下十六～七度に低下し　当病室は山林中に所在するためなお気温は降るものと思われる　だから冬期獄死者のほとんどは全身凍傷に侵されていた
○冬期においては敷布団は湿気のためコチコチになり床板に凍りついて引き離すことができない　また掛布団の襟には患者の呼吸が凍って氷柱となり下がっていた
○女監　男監の区別なきため女囚は婦人としての待遇を受けることができなかった
○患者の獄内における苦悶の叫びが壁に落書となって現われていた　癩を病むが故にこの悲運　なんという惨めさよ……／他

■無法なる拘留の実例として
(イ)　○○キタノ
本籍大阪市　入室・昭和十六年六月六日　キタノは山井道太の内妻であり　同山井は全生園に於いて騒擾をなしたるの故を以て当特別病室に四十二日間収容せられたる際　内妻たるの理

由にて同罪に処せられた

(ロ)　斎○新○

本籍秋田県　入室・昭和十六年九月二十六日、拘留日数八日　子息重夫が馬鈴薯を畠より若干窃盗したるの故に子供の教育不足なりとして投獄され致死す

(ハ)　○テイ

本籍不詳　入室・昭和十六年九月二十六日、拘留日数三九〇日　テイの夫　満○十○が大阪府にて不注意にも盗品の自転車を買ったとの理由（本園の書類には罪名賭博とあり）で拘留五三三日に処せられたる際　妻であるとの理由で○テイは三九〇日拘留さる

(ニ)　瀬○幸○

本籍広島県　入室・昭和十七年十二月二十四日　拘留日数七六日間　右は園内改革の必要ある点を　友人への手紙に書いたのを開封されたため

等々紹介されている

(イ)の○○キタノの夫　山井道太の全生園に於ける騒擾をなしたるの故を以てとは　どのような内容であったのか

患者が綴る全生園の七十年『倶会一処』（多磨全生園患者自治会編）「山井道太のこと」で見てみよう

山井道太は六月六日朝　製茶工場から小金井監督に「どんさん（愛称）本館裏までちょっ

と」といって連れ出されたまま　理由もいわずに検束され　園長が指揮する検束班の二〇名近い職員によって草津に送られた

激しく雨の降るなか急を聞いて山井の知人たち多くが駆けつけた　市松模様の着物でびしょぬれになりながら妻のキタノは泣いて訴え「それなら私も一緒に行く」と追っていたが　山井の草津送りを強力に阻止し　納得のいく説明を要求することはこわくて誰にもできなかった

主張が正当でも　二言目には「お前も草津に行きたいか」という職員の素振りが見え卑屈にならざるをえなかった

草津とはもちろん重監房のことだが　それは長靴の支給を要求　長靴がなければ傷や神経痛に悪いから仕事はできないと作業をさぼり　汚れ物の包帯　ガーゼ等をくさらせてしまったという理由であった

一番茶の最盛期であった　製茶作業にも従事していた山井であり　洗濯場を休むことがどれだけ意識的であったか　いずれにせよ彼は洗濯場の主任であり　彼一人の要求でもサボタージュでもなかったが　彼だけが罪に問われ　他の部員たちは護送車の窓に向かって「おれたちもあとに続くぞ」と山井を励まし悲愴な決意で見送ったのであった

しかし　あとに続く者はなく　彼らも　山井はやがて帰されるだろうと考えるようになり帰る日のために協力して彼の畑の面倒を長い間見ていくのであったが　その日　山井と兄弟のようにしていた島田という男が「なぜやった」と泣いて所内の主だった者たちのところを訴えて歩いていた

山井は検束指揮官の予定通り重監房の中で　うるしのような暗黒の中で　減食の空腹にさいなまれ　傷の多いからだに治療も受けられず　へとへとになった
死期が近いとみるや出獄を許されたが歩けず四つんばいになってはい出した　それから九月一日山井は死んだ。

二

草津の特別病室（重監房）は　国立栗生楽泉園の正門西側　丘陵の上部をえぐるように切り開き　路上からあまり目立たない位置に建てられていた
周囲は　昭和八年　療舎にさきがけて所内の上地区東方の谷沿いに建てられていた所内監禁所のものよりも高い　約四メートルの鉄筋コンクリート塀をめぐらし　内部も同じ高さの鉄筋コンクリート柵によって　幾重にも仕切られていた
一九三八年（昭和十三年）十二月二十四日竣工　同年の栗生楽泉園『年報』建物の項には最初「患者収容所」と記載されていたが　昭和十五年に至ってようやく建造物名を「特別病室」としている
光田健輔　長島愛生園園長は『回春病室』の中で　「楽生園内に堅固な監禁所を作って逃走を不可能にすることにした」そして度々逃走する者　患者の平和を害する者を全国からこの監禁所に入れるようになって「一段と療養所は明朗になっていった」といっています　果たして

事実はどうだったのでしょう

光田健輔が創立の開園時より退官する日までの二十六年間　園長をつとめた長島愛生園の逃走者は「長島愛生園創立六十周年記念誌」ならびに「長島愛生園入園者五十年誌」によると一九三一年（昭和六年）の開園時から一九九〇年（平成二年）までの六十年間に逃走した数六〇三名（年平均約一〇名）

栗生楽泉園に特別病室（重監房）が一九三八年（昭和十三年）十二月二十四日に設置されてから　逃走者は一九四〇年（昭和十五年）三十一名　一九四五年（昭和二十年）四十七名　一九四七年（昭和二十二年）八十六名とケタ違いに増えています

とくに一九四二年（昭和十七年）から一九四五年（昭和二十年）にかけての四年間の逃走件数は四一三件と年間平均在園患者数一八〇五名の二三％にも及んでいます　死亡者数においても八八九名　約半数に近い人たちが四年間の間に死亡しているのでした

この事実は何を物語っているのでしょう　光田健輔の言葉とは逆に　「小島の春」はまさにこの世の地獄と化していたのです　全国の療養所も絶対隔離の強制収容所として　同じ運命をたどっていたでしょう

草津の重監房はまさにその頂点に立ち　法の及ばざる所として全国の癩者に君臨していたのです　この特別病室（重監房）に収監される者は　〝法の裁き〟を受けることもなく　園長の判断で投獄され　この監禁室に入れられたら最後ひと冬を越えてここから出ることは奇跡に近いといわれる暗黒の中で　死と対峙していたのです　それほど収監者は重い罪を犯した人たち

だったのでしょうか　ここに栗生楽泉園入園者　歌人の沢田五郎氏が「特別病室は殺人罪に問えなかったのか」――昭和二十二年の人権闘争を巡ってがあります　紹介しておきたい

ここに入れる対象者は全国の療養所の中の不心得患者で　従来の監禁所へ入れたぐらいでは懲りない者　及び全国各所にあるらい患者のたまり場で収容を妨げている首領株の患者である最初の収監者は昭和十四年（一九三九年）九月三十日　モヒ中毒患者五人である……　この五人のモヒ中毒患者は一人がその年の十二月に縊死しもう一人も翌年三月に縊死　残る三人は四月に生きて出たと記録にある　そしてこれだけで楽泉園にえらいものが出来たという噂が全国の患者間に広がっていったであろうことは想像に難くない

その翌年　昭和十五年（一九四〇年）　熊本の本妙寺らい部落が警官隊によって急襲され部落は解散させられ　患者は検挙された形で菊池恵楓園（九州療養所）へ収容され　その中の主だった者二十七人は草津送りになり　その中の九人が特別病室に入れられ　五十七日間拘留されるのである　またその翌年　多磨全生園から洗濯作業主任山井道太が送致され　四十二日拘留され釈放されるが　間もなく死んでしまうという事件が起こるのである　そしてこれにより施設側の〝草津送りにするぞ〟の言葉はただの脅しではなく　実感を伴う言葉として患者に響くことになるのである

また同じ年　四国と大阪で患者間では重宝がられ　当局からは　こういう人がいるから収容が捗らない　と目の敵にされていた満八十八山という人が捕まって送致されて来た　そしてこの人は五三三日という最長在監記録を打ち立てたうえ　獄死するのである　しかもこの人の場

合　内妻の境テイも同罪とされ　ぶち込まれるのである

テイの場合は三九〇日拘留され生きて出るが　その出かたは酷く衰弱したうえ　風邪を引くかして　全く動かなくなってしまったため死んだとみなされ　出されたという話である　山井道太の内妻も同じように入れられているのである　ここまで来ると特別病室は　封建領主が農民を懲らしめるために造っていた水牢と　まったく同じ役割を果たしていたといって過言ではない

特別病室がこのように機能を働かせている間に　全国に幾つかあった大小様ざまの患者が隠れて暮らす所　らい部落が一掃されてしまった　またこれらが一掃されてゆく過程で紙芝居をやって水飴を売っていただけと思われる人も　特別病室に何人か繫がれたのである　これはその生け贄と言ってよい

そして全国の療養所の患者は〝草津送りにするぞ〟の言葉の前に沈黙した　但し殆ど憎悪に近い不信感を胸の奥にたたみ込んでである　尚　私は特別病室に入れた者を　当局は冷たく見殺しにしたと「再び特別病室について」（『高原』一九九七年五月号）で書いたが　そうではなく殺意があったのではないかと近ごろ思う………

いま草津栗生楽泉園の特別病室（重監房）は　土台の基礎コンクリートを地表に見せるだけで　完全に姿を消してしまいました

犯罪にたいしては　法に基づく手続きをへて刑罰を加えていたのであれば　戦後いちはやく

「特別病室」が社会的糾弾を浴びて廃棄されることはなかったであろうと長島愛生園入園者五十年史「隔絶の里程」（長島愛生園入園者自治会編）は述べています　いま長島万霊山のふもとの愛生園の監房も　ほとんど土砂で埋められ　かろうじて高い塀の一部分と屋根がうかがえる程度で土砂の下に姿を消してしまいました　掘り出して　強制隔離政策　人権侵害を国自身が進めてきた過去の誤りの遺物として　二度とこの誤ちを繰り返してはならない「証」として国立第一号の療養所である愛生園として残していきたいとの在園者の声があがっています

ああ――　ぼくにとって「小島の春」とは一体何だったのでしょう　このような事が許されてきた　小島の春とは　一体何だったのでしょうか　あの少年のころより王道楽土と思いつづけてきた小川正子の「小島の春」　ぼくの幻想だったのでしょうか

三

昭和七年六月十二日　突然長島の桟橋に上陸し　愛生園へつとめ始めた小川正子　あなたは翌年　昭和八年には九州の患者収容へ　九年　土佐へ　十一年一月からは毎月のように講演と検診の旅へ出かけていました　土蔵の奥や納屋の片隅に隠れるように暮らす患者を訪ねては治療に専念できる療養所へ入るようすすめました　一〜二年したら戻れると患者は信じていたようです

四国の山あいの村へ　瀬戸内の島々へ　サーベルを下げた巡査と共に　収容と検診の旅はつづきました　患者収容が目的であった検診行は　また「癩予防宣伝」の講演の旅ともなっていました　甲州俠客の義俠的性格で同僚から姐御の称号を奉られていたあなたは　光田園長の命とはいえ　講演にも熱がこもり雄弁でした
「四国は千年もの昔から弘法大師の慈悲の心のゆきわたった土地柄です　お遍路さんにお接待するのを当然とされたため　ハンセン病のお遍路を家に泊め　食事をあたえ　看病しました　そのため　病菌がその家の人に感染して　その家から思いもかけない病人が生れるということになりました　こんなわりにあわないことがおこるのも　人々が病気に対する医学的知識のないためであります　どうか皆さんはハンセン病が遺伝でなく伝染病だということを家の方々によく話してください」
ハンセン病のおそろしさを訴え　恐怖心を煽り立てる内容でした　癩予防の宣伝とは無癩県運動そのものでした「一人でも多くのハンセン病患者を療養所に押しこめ　終生絶対隔離と断種によって　癩撲滅をはかろう」というものでした　その実現のためにはハンセン病は怖ろしい伝染病であるかのような　誇大宣伝が必要だったのでしょう　そのために　根拠のない疾病観を常識として宣伝し　恐怖心をあおり　はては密告までさせて　ハンセン病患者とその家族を　地域社会からいぶり出そうとするものでした
講演はまさにその先兵の役を担っていました
癩撲滅運動は　民族の浄化という愛国心をからめた運動となっていました　そのため——ハ

ンセン病患者とその家族が受けた迫害は　言語に絶するものがありました　昭和十年代といえば　日本に療養所が開設されて　すでに三十年近くが経っており　その間　重症患者に毎日接してきた医師や看護婦に　一人の感染発病者もいなかった事実を　医師のあなたは知っていたはずです　また感染しても　結核同様　全部が発病するものでないこともあなたは百も承知していたはずです　そのあなたが　どうして　あのような作り話をしていたのでしょう

光田園長はあなたに　検診行き　の記録は全部くわしく書いておきなさい　時がたつとその時の気分が薄らいで千篇一律のものになってしまうから　その都度書き残しておくよう　すすめていました　そして　「土佐日記は出来ていますか」ともたずね　だまっているあなたに「出張してその報告書を提出するのは官吏としての義務ですよ」とも重ねていっていました「義務というお言葉が強く心に残ったことが今も忘れられない　そうして拙い手記が出来あがった」とあなたは「小島の春を書き終って」語っています

昭和十年代といえば　日本の政治へ　軍部の干渉が公然とはじまった年でした　昭和十一年二月二十六日の二・二六事件の悲報もあなたは因美国境の村で聞いたといいます　二月二十六日　皇道派青年将校らが下士官兵千四百人をひきいて総理官邸　国会　警視庁を襲撃　内大臣蔵相　教育総監を殺害　東京に戒厳令がしかれたのでした

三百名に及ぶ患者の定員オーバーから　自治と生活改善を求める入園者全員千二百人のハンストが　長島・光ケ丘を埋めつくしたのも　この年八月十八日でした

翌昭和十二年七月　盧溝橋に端を発した日中両軍の軍事衝突は全面戦争へと拡大　十二月十三日　南京を占領した日本軍は国際非難を浴びることになる捕虜　一般住民ら二十万に及ぶ大虐殺事件を引きおこしていました

愛生園では十二月十二日　南京陥落祝賀旗行列が　栗生楽泉園でも十二月十五日　南京陥落祝賀式が行われていました

祖国浄化のための癩撲滅運動　そのための愛国運動としての無癩県運動はこのような中で生まれ　そして検診記と収容記の「小島の春」も育っていったのでした

一九三八年（昭和十三年）十一月　光田健輔園長の題字と序文でかざられた『小島の春』―ある女医の手記―が　東京長崎書店より出版されます　この年五月　光田健輔国立長島愛生園長は　皇太后陛下に拝謁をたまわっていました

「小島の春」は　当初五百部限定出版としたのですが発刊するやたちまち版を重ね　ついには一七六版・三十万冊が出版されていました　主婦の友　婦女界などの婦人雑誌が競って「青春を救癩に捧げた若き女医官」といった　見出しの探訪記事を発表します　世の中は　次第に軍国主義に傾斜していく暗い時代に入っていました　軍靴の音が近づいていたのでした　そうであればこそ生き別れせねばならない「小島の春」の内容が身につまされるものとして　強制収容の内容は指弾されることもなく　感傷主義の極致ともいえる感情だけが一人歩きし　読者に受け入れられていったのでしょうか

当時「小島の春」に　涙せぬ人はなかったといいます　だがそれは患者と家族の世界に対してではなく　小川正子の「小島の春」の世界に対してでした　虐げられた患者の深い悲しみがどれだけ理解されていたでしょう

私が「小島の春」を知ったのも　姉が取りよせた婦人雑誌をぬすみ見した時に始まります台湾に行く前の　佐世保市立　白南風小学校四年生の時でした

剣付鉄砲の兵士たちが　女や子どもたちに送られてつぎつぎに海の向こうの中国大陸へ渡っていきました　十文字に水筒を両肩にかけ　すぐ前の墓地で昼間は戦争ごっこで遊んでいるのに　夜になると　うなされて突然飛び起き　夢遊病のように歩きまわるという日が続きましたぬすみ見した姉の「小島の春」の本の中と　きれぎれに伝わってくる叔父龍次郎のうわさにおびえ　目に見えぬなにかに冒され始めていたのでしょうか

叔父龍次郎の一人娘　千鶴がわが家に引き取られ　またすぐにいなくなっていたのも　このころでした　よどんだ空気の中で着実に少年の心が蝕まれ始めていました

昭和十三年「小島の春」の重版の喜びにわく十二月二十四日　草津の栗生楽泉園に「特別病室」が作られていました　冬期には零下十七度にも気温が下がる降雪地帯でした　昔は冬場には冬住の里が作られていました　「小島の春」に涙した　何十万の涙の知らぬところで　全国

のハンセン病者とその家族をながいあいだ　おびやかし続け　怨嗟の的となる「日本のアウシュヴィッツ」が作られていたのでした

昭和十一年十月はじめ内務省で開かれた官公立癩療養所長会議で　既に患者刑務所を作っていた朝鮮小鹿島の周防院長が　植民地における実状報告を行なっていました「最初小鹿島ヲ拡張スルトイフ時　無手デヤルノハ困ルト申シ　刑務所ヲ作ッテモラッタ」「表面は司法省の管下であるが　実体は院長の自由になるように出来ている　この間二名を殴殺した　刑務所は取扱困難なり」特別病室は　この小鹿島厚生園の患者刑務所を逆輸入する形で　光田健輔ら国立癩療養所長の強い働きかけで作られたのでした

特別病室は建坪約三二・七五坪（約一〇八㎡）周囲は約四mの高さの鉄筋コンクリート塀をめぐらし　そればかりか内部も同じ高さのコンクリート柵によって幾重にも仕切られていました

八房にわたる獄舎は　各房とも便所を含めて約四畳半　どの房もくぐり戸式の出入口は　厚さ約一五cmの鉄扉で固められ　明り窓といえば縦一三cm　横七五cmが一つしかない半暗室で冬期降雪時には昼夜の判別さえつかないほどでした　さらに食餌の差し入れは　わざと足もとに設けられ　しかもやっと汁椀が通る程度という厳重さで　一般監獄でもその例をみないまでにおぞましい造作がなされていたのでした

栗生楽泉園患者50年史「風雪の紋」によれば　特別病室の昭和十四年三月三十日から二十二

年七月九日までの間の在室者総数は九二件（但し昭和二十二年九月五日現在　名簿に記載中のもののみ）　九二件中　書類の点より見て合法化されて処断されているのはただの一件（一%）　書類が不備にて処断されている数二七件（二九%）　書類が全然皆無にて処断されている数六四件（七〇%）　一件の拘留日数は平均で一二一日　二〇〇日以上の者一四件　二〇〇日以下は二八件　一〇〇日以下三五件　三〇日以下一四件となっています

在室者総数九二件のうち　死亡者数は二二件　二四%の多きに達しています　とくにそのうち病気出所致死数が八件であるのに対し　獄内での縊死者等の獄死者数が一四件　六四%という数字に　言葉がありません　死亡者は厳寒の冬期に集中　二二件中の二〇件　九〇%が冬期の惨酷なる処遇のため死亡したことを示しています

冬期獄死者のほとんどは全身凍傷に侵されていました　薄い敷布団は湿気でコチコチになっており　床板に凍りついて引き離すことができなかったといいます　掛布団も襟は患者の呼吸が凍って　氷柱となってさがっていました

長島愛生園からも光田園長の指示で　「園内不穏分子」として逃走者がこの特別病室に送られておりました　この特別病室の存在を　小川正子　あなたは始めから何も知らなかったのでしょうか

あなたは昭和十四年十月肺疾患のため休職し故郷へ戻ります　信州蓼科高原へ静養に行ったり　東京へ出かけたりしていました　「小島の春」の映画化が始まっていたのでした　昭和十

五年二月九日　シナリオライターの八木保太郎氏が映画「小島の春」製作のため長島を訪問します　四月十一日には豊田四郎監督も長島を訪ねていました　長島愛生園でのロケーションが始まっていました　その最中　明治の代からハンセン病者が隠れて住むことなく　健常者と一緒に過ごしてきた　ハンセン病者とその家族のコロニーであった熊本の本妙寺部落が官憲の手によって破壊されました

四

昭和十五年七月九日　午前五時を期し　熊本県警察部長の指揮する県関係官と熊本南　北の警察署　九州療養所職員ら総数二百数十名が　本妙寺裏の中尾丸　日朝裏　常題目　深刈の部落を急襲

寝込みを襲われた二三四戸の住民は三日間にわたる強制捜査で道路の上に狩り出され　サーベルをさげた警官を横に置いたまま強制される　立ったままの検診　犯罪者の扱いを受けて一五七名が検挙されました

トラックに放り込まれる女　子ども　年寄たち　次つぎに九州療養所に移送されました　構内の警察留置場　監禁室　娯楽室まで収容に使われました「着の身着のまま九州療養所の娯楽室に運び込まれ　泣きわめく男女病友の姿を見たとき　ハンセン氏病者の社会的位置をつきつけられたような気がして　名状しがたい憤りとやり場のない悲しみにおそわれた」と亡くな

った森田竹次氏は『偏見への挑戦』の中で語っています
女　子ども　年寄にも容赦しなかったといいます　全員が着の身着のまま身柄を検束された
ため　家　建物や家財道具を処分するいとまがなかったといわれ　後で「私財を返せ」と強い
要求が出されます　いくらかでもその弁償を受けた者はまだいい方で　大方の患者は事実上私
有財産没収の憂き目に遭ったのでした
検挙された者のうちにはハンセン病患者でない者一一名がいました　これを除いた一四六名
の者が　すぐに鹿児島県鹿屋市の星塚敬愛園　岡山県長島にある長島愛生園　邑久光明園へ
群馬県草津の栗生楽泉園へと　各療養所へと分散収容させられたのでした

草津の栗生楽泉園へ送られた亀村正善ら三七名の収容は悲惨なものでした　児童一〇名　女
一〇名を除く男子一七名が　すぐ「特別病室」に投獄されたのでした
全員が繋がれなかったのは　たまたま「特別病室」に収監しきれない人数であったためで
幸い女子はこれを免れて所内の一般療舎に収容され　子どもたちは保育所へ移されました　と
くに本妙寺部落の患者組織「相愛更生会」の幹部役員を務める中村利登治会長ら　九名に対す
る扱いは苛酷なものでした　本妙寺部落のあった地元花園町の一般住民からの歎願書が出され
る九月十一日までの五七日間　拘留は続くのでした
獄内の窒息しそうな暗黒の中で　めまいを覚えるほどの空腹渇きに耐えねばなりませんでし
た　食餌といえば朝食は薄くて小さな箱弁当に飯茶碗一杯分の麦飯　それに梅干一個に水　昼

には夕食分をふくめて朝よりやや多めの箱弁当一個に梅干または漬物少しと水　それを朝夕患者が作業として運んできました

そんな為政者側の態度に引きくらべ　いわゆる本妙寺部落のあった地元花園町一般住民はきわめて同情的に患者たちを見守っていました　その証の一つに次の「歎願書」があります

これは相愛更生会幹部の一人　亀村正善と交際のあった地元民が　亀村らの「特別病室」入獄を知って栗生楽泉園園長　古見嘉一あてに差し出したものです

歎　願　書

職務御多端ノ折柄　誠ニ恐縮ニ存ジ候ヘドモ亀村正善ノ件ニツキ伏シテ歎願仕リ候　正善ノ処分ニツキテハ御職責上当然ノコトト存ジ候　尚国家的見地ヨリ私的観念ハ寸豪モサシハサムベキモノニアラザルコトハ充分認識仕リ居リ候ヘドモ　近親ニ等シキ私ドモトシテハ血縁ニ類スル心情ヲ以テ彼正善夫婦ノ将来ヲ憂慮シタル結果園長殿ノ御同情ニ訴ヘ歎願スル次第ニ御座候　私ドモトシテハ正善夫婦ヲシテ栗生楽泉園ヲ真ニ安住ノ地ト定メ心安ンジテ療養生活ニ入ラシメタキガ為メニ御座候　彼等夫婦モ私ドモト同ジ念願ヲ有シ居ルモノト存ジ候　何卒事情御憐察下サレ特ニ亀村正善ノ監禁ヲ解キ普通舎ニ収容下サル様御取計ヒ下サルマジク候ヤ偏ヘニ歎願仕リ候　斯カル処置ヲトル時ハ逃走ノ憂ナシトノ御疑念モ有之候ナラント存ジ候ヘドモ彼等夫婦共決シテ逃走スルガ如キ行為ヲ敢ヘテナス人間ニアラザルコトハ私ドモニ於テ保証仕ルベク候　元来正善ハ資性潔白ニシテ責任観念深ク彼ノ妻サク亦真面目ナル人間ニシテ……略……私ドモノ意思ヲ無視シ逃走スルコトナシト確信仕リ居リ候　甚ダ失礼ナル御願ヲ致シ恐入

候ヘドモ特ニ彼等夫婦ノタメ亀村正善ニ対シ御寛大ノ処置ニ預カリ度右連署ヲ以テ伏シテ歎願仕リ候

恐惶

昭和十五年九月三日

熊本市花園町七百五拾番地
神原春吉　印
加藤泰堂　印

栗生楽泉園長　殿

この「歎願書」の効用があったのだろうか　亀村を含む更生会幹部九名は　九月十一日ようやく「特別病室」からの出獄が叶えられたのでした

一斉検挙当時の相愛更生会会長　中村利登治は「特別病室」を出て一般療舎に居住するようになってからは両足とも義足ではあったがよく所内を散歩し　また金ブチ眼鏡を光らせながら読み書きするなど悠々自適の生活を送っていましたが　昭和十七年の患者暴動未遂事件に巻き込まれ　「園から逃走」　その後の消息は不明となっています

その詳細についてまた彼の患者仲間からの信頼　人格を示すものとして　栗生楽泉園　沢田五郎氏の「とがなくてしす――特別病室について――中村利登治のこと」があります

栗生楽泉園内に設置されている「特別病室」の非を世に訴えるために昭和十七年の暴動未遂

事件があった　この計画の総責任者に　中村利登治を担ぎ出そうと三〜四人の若者が説得におもむいたのであったが　彼は「わしは本妙寺の患者部落を確固とした形態にし　療養所などに入れられまいとあらゆる努力をした　にもかかわらず　この園に収容されてしまった　その時点からわしの役割は終わったと思っている　いまさら再度官憲と闘う意思はない」と言って断ったという　だがこのことから再び特別病室送りになるという危険にさらされることになった　最後まで　義足の彼に　安住の地はなかった

彼は　隔離撲滅の療養所に　到底収まらない高邁な人柄の人だったといわれている「彼が私に言葉を掛けたことがある　それは昭和十七年の晩春の夕暮れだったと思う　私は望学校の庭で友達何人かとテニスをやっていた　そこへ通り掛かった彼が二〜三歩歩み寄り話し掛けたのである　その言葉の全てを覚えているわけではないが　次のような片言の数語を記憶している　夕暮れになって　もう寒いのだから部屋に入れ身体に悪い　そしてお前たちは勉強をしろこんな病気になって勉強しても何にもならないと考えているのかも知れないが　それは違うこの病気の治る薬が出てくるかも知れない　たとえそんなことはなくとも勉強しなくてはいかん」不思議にこの時の　このような言葉を私は忘れないのである

当時児童の患者に　こんな病気になって勉強なんかして何になるといった大人はいてもたとえ末はどうあろうと　今勉強しておかなければ駄目だと言った人はなかった　それゆえに彼は隔離の施設内で朽ちる人ではないと今にして思うのである　と沢田五郎氏は述べている

ハンセン病者と健常者が常に共生し　共働の場として存在し続けてきた本妙寺部落は　かくして昭和十五年七月九日壊滅した

これと連動するかのよう明治二十年の開村から世界でもはじめての〝患者による患者のための自由療養村〟として　常時一〇〇〇名を下らないハンセン病者とその家族の生活が営まれてきた　草津　湯之沢部落も官憲の圧力によって解散に追いこまれ　開村以来――五五年にわたる歴史を閉じた　昭和十六年五月十八日である　この日五月十八日午前十時より　聖バルナバ教会において湯之沢部落の解散式が行なわれた

同日新聞各紙はこれを一斉に報道　地元の「上毛新聞」は「草津よいとこ／健康管理地に更生／けふ解散式／患者は各療養所へ」　と四段組みの記事を掲載している

県はこの機会に部落再建の根を断ち　以後湯之沢目当ての患者の来草を防止するため　知事の薄田美朝の名をもって「湯之沢癩部落に関する群馬県の通牒」なる文書を　厚生　内務両大臣をはじめ　警視総監　各庁府県長官　朝鮮　台湾両総督府警務局長　各国公立療養所所長あてにそれぞれ発した

この解散に先立って三月十四日午前八時　湯之沢区長吉田浩夫の招集により部落内の真宗大谷派説教場において開催された区民大会を　我々は決して忘れないだろう

区民の一人として当日参加した加藤三郎氏は　その時の模様を次のように語っている　三月

といっても　それは寒い朝だった　隣組長が回って来て『今朝八時から説教場に集まってもらいたい　何でも重大な問題だそうだ』という　昨夜湯浴みに共同浴場へ行った時　一緒に入浴した者たちの間でも　部落に大変な事態が起こっているような話が交わされていたが　それが何なのか　だれもまだ知らなかった

私は八時前に説教場へ行ったが　すでにもう会場内には入りきれないほど人が集まっていて松葉杖をついたまま屋外に立っている者や　座る場所がなくて用意してきた座布団をそのまま腕に抱えこんでいる者も多くいた　私も仕方なく外から会場内を覗くようにして立っていたがそのうち開会が宣言され吉田区長の報告がはじまった

白髪の区長は　沈痛の面持ちで一昨日来の経過を述べさらに言葉をついで　『ふるさとを追われ　ここ湯之沢に来てホッ　としていたのだし　またここがわれわれの死に場所と思っていたのに　政府と県は明日にも正式に部落解散命令を下そうとしている　私の妻や子も不安におびえ　とうとう今朝までまんじりともできなかった』と語った　そんな区長の話しの途中からあちこちにすすり泣きが起こり　中にはたまりかねて大声で泣き出す者もいた　そして区長の報告が終わると同時に　『いくら政府や県でも　そんな勝手なことはゆるされない！』と席を立つ者　『バカなことは止めさせろ！』と怒鳴る者たちで　会場はまるで蜂の巣を突っついたような騒ぎになった

したがって大会は結局一日で終わらず　次の日も続いた　だが大勢は　時局がら政府や県の命令に抗しきれないとするところから　しだいに条件闘争的な色合いをみせはじめるのである

つまりこのさい土地建物を売り払って別のどこかに移り住もうと考える者　部落は潰れても何とか町に残りたいとねがう者　いっそのこと楽泉園に入所しようと覚悟をきめる者等々で　あとはむしろ県よりの補償のあり方に懸かる方向に傾いていったのだった

若くして故郷を追われ　朝鮮　満州に逃れ　昭和三年ごろ行き場を失ってたどりついた福岡の地で　叔父龍次郎が　幼な子の千鶴をかかえ　親子が離ればなれになるのを恐れて　必ずお世話になったであろう本妙寺らい部落　そして生の松原の聖バルナバ教会　また湯之沢部落昭和九年最後の地博多で行き倒れになる日まで　どんなにか助けられたことでしょう

まだ行方さえ判らぬ千鶴を思う時　この本妙寺の中尾丸　日朝裏　常題目　深刈の部落　そして湯之沢の部落が　幼児の千鶴の姿といつも一緒に　二重写しになって出てくるのでした

五

本妙寺部落が壊滅したこの年　一九四〇年　日本国中は紀元二千六百年を祝う行事でにぎわっていました　植民地の朝鮮　台湾でも執り行なわれていました　「紀元二千六百年」とは神代から持統天皇までの朝廷に伝わった神話・伝説・記録などを記述した官選国史　「日本書紀」の中の　神武天皇即位から数えて二千六百年にあたるというのがその根拠でした

「紀元二千六百年記念　救癩講演と映画の夕」が四月二十一日　東京の家政学院講堂で開かれ

ました　全生病院はじめ各療養所でも十一月十日に向けて記念式が行なわれていました　十一月十日　宮城前広場では　政府主催の式典が天皇　皇后はじめ皇族　軍人　官僚　全国各地の代表者　外国大使までが招かれて　五万二千人が参加し　奉祝行事が行なわれました　アジアの盟主として万世一系の皇紀二千六百年を世界に誇示する絶好の機会だったのです　民族の血の浄化が一層叫ばれました　ハンセン病者は格好の対象となっていました　皇室のご仁慈による救癩思想が宣伝され　絶対隔離と断種が行なわれました

栗生楽泉園　邑久光明園では十一月十日　全生病院では十一月十二日　紀元二千六百年奉祝式と「みめぐみの日」記念式が行なわれ　そのあと奉祝の旗行列が園内を一巡します　この日栗生楽泉園　古見嘉一園長など国の各療養所長が大宮御所に伺候　皇太后陛下より御下賜金四千円を拝受していました

この年の七月九日に　熊本市本妙寺らい部落が官憲の急襲を受け壊滅させられていました「これは癩事業の宣伝映画としても　数百数千の講演会を催すよりも　有効である」と光田長島愛生園長を喜ばせた　映画「小島の春」は　この年キネマ旬報十二月号で昭和十五年度のベストテンのトップになっていました　太平洋戦争に入る前の年です

暗い時代でした　小川正子　あなたは「小島の春」で祖国が浄化する日への憧れを　幾度となく書いていました　それがつとめであるかのように　だがあなたは　本心から　強制隔離と断種によって祖国が浄化する日を信じていたのでしょうか

〈あなたは知っていたでしょうか〉

太平洋戦争前夜の　あの暗い時代　ハンセン病者の強制隔離強制収容を認めないばかりか　患者を真底から愛し　患者の立場に立って　ハンセン病者の自宅からの通院治療を実施していた医師がいたことを

昭和十六年十一月十五日　阪大微生物研究所で開かれていた　第十五回　日本癩学会総会で小笠原博士　あなたは最後まで　自説を曲げることを　権力におもねることをしなかったのでした

――感染症でも　微弱なハンセン菌においては　栄養不良などで　築きあげられる体質をこそ　問題にすべきである　と主張しました　科学としての　正当性を主張したのです

――戦時下　かかる国策に反逆する無責任が許されようか「その罪　万死に値す」　脅迫されようとも　恫喝されようとも　一歩も譲歩しようとはしなかったのでした

そのため一方的に論争を打ち切られ　あなたは抹殺されたのでした

〈私たちは忘れないでしょう　あなたが守り通した日本人の良心　京都大学皮膚科特別研究室小笠原　昇　助教授の名を　私たちは決して忘れない〉

私たち家族は　昭和十三年十月　養女に出された龍次郎の遺児千鶴を日本に置いたまま　父親の赴任先　台湾澎湖島　要港の「馬公海軍基地」の官舎に移っていました

石塀の中の　中国人の阿媽さんがいる生活でした　ハンセン病を病んでいる人たちと初めて会えたのも　この島ででした

島のはずれにあった癩部落から　台湾本島にある療養所に送られる人たちを　白い埠頭の上から　好奇の目で眺めていました　埠頭の上に縄を張りめぐらした囲いの中で　恐ろしい病気と聞いていた　この若い女を交じえた　一群の人たちが　目をふせることもなく　立っていました

古びた木造船の後尾デッキの上で車座になっていた姿が　昨日のことのように思い出されるのです

不思議でした！

そこだけが奇妙に　バカに明るかったことが　紀元二千六百年の年を　私は台湾澎湖島　馬公尋常高等小学校六年生で迎えていました　中国本土と台湾との間に浮かんでいるこの島はいくつもの珊瑚礁の島からなっていました　深い海をかかえる天然の要港でした　この美しい島が　中国大陸への海上封鎖の基地となっていました　封鎖線にかかってだ捕されたいくつもの船が　奥深い湾内に係留されていました　官舎の悪童どもの格好の遊び場となっていました

兵隊からの成り上りとしては最上級の特務大尉であった父親は　広東へ　東沙群島へと　作

戦のたびごとに掃海艇と一緒に出動していました　この島の市街地に一つだけある小学校へ私は　衛兵のいる基地の桟橋と市街地の桟橋とを結ぶ定期船にのって　毎日かよっていました

中国人の級友　顔明児と知りあったのもこの学校ででした　毎日が青い海と　青い空の下で格好の遊び場を探して　基地の中を遊びほうけていました　中学に入る前の年です

中国大陸へ攻め入った日本軍は　武漢で止まったまま膠着状態がつづいていました　翌年日本軍はまたもや米英蘭と戦端を開き太平洋戦争に突入していました　父親の音信はその翌年断たれました　一九四二年十月です

私がハンセン病に冒されていると思い始めたのは　太平洋戦争が始まって一年目　ちょうどガダルカナル島からの転退が始まる時でした

ハンセン病に冒された　叔父龍次郎へ　存命中は一人娘の千鶴にさえ　手をさしのべようとしなかった　その報いだったのでしょうか　戦死とも行方不明とも　公報のない父親の生命はいつまでも　宙に浮いたままでした

不意に敗戦がやってきても　私の斑点はなにも変わることはありませんでした　決して消えることはなかったのです

一九四六年　現人神の人間宣言があった時　よもやと思った桃色の斑点は　やはりそのままでした　敗戦がきても　変わらない　日本のウソを見抜いていたのでしょうか　斑点は消えることが　なかった　のです

あの時代　朝鮮　小鹿島更生園で　殴殺された人たち　裁判なく投獄され　草津の特別病室で　凍死させられた多くの人たち　本妙寺部落から草津の特別病室へ送られた人たち

そしてみんなから頼りにされたばかりに　義足の足でまた逃走せねばならなかった　行方不明となった　中村利登治

故郷を捨て　巡礼に出ねばならなかった　帰ることのなかった母と子　たくさんの人たち

名前を捨て　家を捨て　闇の中に消えていった人たち

一人一人の墓碑銘は　未だないのです

罪のつぐないのない　この国で

いまも　天上をさまよっている　多くの魂
ぼくらは　どうぞ安らかに眠ってくださいと
　ぼくらは言えぬ

どうして　そのようなことが言えようか

つぐないの　すまない　この国で
荒ぶる魂を　そのままに
安らかに眠ってくださいと
どうしてそのようなことが　言えるでしょう

静かに眠ってください　とぼくらは言わぬ
つぐないの終わる日まで　決して言ってはならない

いく十年　いく百年にわたる　このうらみをそのままに
どうして斑点をそのままに　消すことができようか

清算の終わる日まで
決して　消してはならない
歴史の真実を明かす日が　くるまで
僕の旅は　つづくでしょう
斑点の消える日まで

（一九九八年八月十五日）

おそすぎたのです

光子は亡くなっていたのです

失うべき多いものは　語ろうとしない
あなたに　すべてを聞いてみよう
今も部落に残る　祖父　定吉の死の斑紋
長い間　忘れようとして　決して消しさることのできなかった叔父龍次郎の　死の最後
七歳であった　一人娘の　千鶴
ユタ州マグナ市で亡くならねばならなかった　叔母トシ　あなたの母のこと

戸籍から消えてしまった　曾祖父五太夫の謎――
いつも　避け続けてきた　私たちの家系
あなたと会ったら
からっと　聞いてみよう

手作りの系図　年表をたずさえて私は
あなたの居る邑久光明園へ　向かっていました
――日本の歴史はここから　始まるのです　臆せず　あなたと語ってみよう

バスは　邑久の漁港を眼下に
瞬く間に　邑久長島大橋を渡っていました
坂を上がると　邑久光明園でした

「心が痛むのです……」

牧野園長の口元だけをぼくは見つめていた

中山光子さんは　二カ月前　亡くなっておられます
ここでは中田聖子と言っておられました
　三月二十八日　十二時三十五分です　心筋こうそくでした

後見人の方を呼んでいます　福祉会館で何でもおはなしを伺ってください
二カ月早かったらお会いできましたのに……
園長のおくやみの言葉が　頭の中を吹き抜けていった

〈――どうして早く来なかったのだろう〉

生きた証　中山光子は　消えてしまっていたのです
涙だけが　あふれてくるのでした
お隣の長島愛生園の本田さんも昨年亡くなっておられました
友人の方に連絡をとっておきました

ここでは　死を託する人を　生前後見人として決めておくという
　後見人の渡辺さんが　福祉会館で待っていました

昨年　心筋こうそくで倒れなさって　その時は　みどりさんが来なはって　回復したんですよ
三月にまた倒れなさって

目が見えなくなっても　不自由舎に入ってからも　自分で煮炊きして寝たきりの人に　いつも
おかずもっていってました
あたしがやってあげるといっても強情で

おしまいごろは不自由舎の　自分の部屋で
死にたいよぉ　顔が痛いよぉ　どうしたら死ねるかよぉ……
薬はないし　ひもはないし　動けない体で言っておりました

ほぉ　死にたいか　わたしは殺せないよ
警察につかまるでしょう　言うてました
そぁかのぅ　聖子さんは言いなはった

だけど死ぬ時は静かでした　化粧もして　きれいな顔でした

後見人として　あなたを看取った　渡辺幸子さんは詠っていました　あなたのことを

負いきれぬ重い歳月生きて来て　結ぶ縁に親と子となり
お互いに後見人として病みながら　つれづれに語るは終りの日のこと

渡辺さんは十四歳の時　岐阜の田舎から強制収容され　この島に入ったとのことでした

不幸なる隔離が生みし差別ゆえ　親の人生までも奪われき
どれほどに故郷恋いて逝きにけむ　友等が在す骨堂の中
島ながしになると聞きたるらい病みて　四十六年ここに果つるか

渡辺さんは静かに　責めるでもなく　語るのでした

諦めを　諦めとして生きて来て　今らい予防法改正を聞く
遠い病となりしに　同じ血脈うてば非情にて　我に帰る里なし

〈いま　あなたに　何と言って　応えればいいのでしょう〉

遠く　たずさえてきた　厚いアルバムは　机の上に置かれたままでした
心ゆくまで　あなたと語りあいたい　どんなにかあなたとの再会を夢見たことでしょう

ここに　あなた方がアメリカ合衆国ユタ州マグナ市から　日本に帰ってきて　一緒に写した写真があります
〈何度この写真を見たことでしょう　あなたの一家とわたしの一家全員がおさまっています〉

あなたと　あなたの妹　私の上の姉が　前列に並んで座っています　従姉妹同士とはいえ　どうしてこうも似ているものなのでしょう　白いうりざね顔　細い目　あんまり高くない鼻　小さいおちょぼ口　みんな同じなんです　あなたは十七でした

〈あなたの横に　あなたの座っている籐椅子の肘に片手をのせ　セーラー服に半ズボン姿の私がちょこんと立っています〉

前年　叔父　龍次郎が博多で亡くなった後　わが家に引き取られていた千鶴も　白い童女の顔にほほえみをこぼし　私の隣に立っています

あなたの父　中山正一が　中折帽に三つ揃の背広姿で後の中央にいます　はさむように小肥りの　佐賀の士族の家からきたという私の継母と　小さい下の姉が並んでいます
たけの高い父親は　海軍第一種軍装の　山高帽に　金モールの入った礼装　胸にはいくつもの勲章がかざられ　片手で軍刀をおさえ立っています

写真には　佐世保祇園町　昭和十二年一月一日と記されています

故郷で　いまわしい病気のうわさの　父　定吉を十年前に亡くし　その五年後　母親ユキが他界した後　故郷で家をたたんでしまった父親　この写真には　父親が捨てた　故郷への熱い思いがこめられていたのでしょうか
若くして養子に出され　村を出た後　行路病者として博多の地で果てた　弟龍次郎は前の年この世を去っていました

関東軍の満鉄爆破事件から満州事変　十五年戦争へと
「欲しがりません　勝つまでは」
耐乏生活が始まっていました　それから昭和十六年の太平洋戦争へと　進んでいきました

あなたも　二十三歳のこの年　右頬に紫色の斑紋が出たといいます　あなたは二児の母となっていました
千鶴もこの翌年に養女先をとび出し　朝鮮へ渡ったといいます
亡き母の国朝鮮から　敗戦になっても戻ってはまいりませんでした
日露戦争から敗戦まで　四十数年を軍に仕え　村一番の出世者といわれた　父の最後も　無残なものでした
なにひとつ　国家からは　報われることはありませんでした
父は死に場所を故郷に求め　一度捨てた故郷へ　生家の真向かいに残る　空寺に身を寄せたのでした

日の昇る前　村境の椿峠を越えて　白い頬かぶりのあなたは　背負いかごを負い　父のいる空寺の庫裡を訪ねました
米　野菜　味噌などが　背負いかごの中に入っているのでした
あなたが故郷を追われ　邑久光明園に収容されるまで　つづきました

あなたが故郷を去る日
父親は痛む足をおさえ　あなたを敦賀の駅まで見送りました
早く逝ってしまった　妹　そして弟への　つぐないだった　のでしょうか
日本で　朝鮮戦争が始まっていました
追われるような　日々が続いていました
あなたが　父と一緒に　駅前の共産党事務所に　私を訪ねてきた事を後で知りました
どうしようもなかったのです

でも　あれから　四十数年がたっているのでした
「どうして　もっと早く……」　来なかったのです
あなたの声が　聞こえてくるのです
室の外に流れる盲導鈴の音が　私を責めているようでした
どうして　もっと早く　来てくれなかったのです

どうして早く来てくれなかったのですか
　いつしか盲導鈴の音は消えていました
闇の中に　吸いこまれていく　寂しさが　迫ってくるのでした
暗い海と　黒い空だけの　闇の中で　あなたは　四十六年もの間耐えてきたのでした
　夜が白むころ　盲導鈴に導かれ　あなたが在す　御堂に向かっていました

あなたは生前　一度も故郷へ戻ろうとはしませんでした
わが児に　累が及ぶのを恐れ　わが児に手紙を出すのさえ　こばみつづけました
あなたは　いつも　いつも　納骨堂に参りつづけたといいます
　あなたが　いつも骨堂の中で見ていたのは　何だったのでしょう
葬られることもなく逝った叔父　戻ってこなかった遠い小母たち

異国で眠る母　たくさんの人たちを想いつづけていたのでしょう
私も　骨堂に　手を合わせていました
　今からでも　おそくないのです
はっきりと　耳元で　私は　光子の声を聞いたのです

（一九九七年九月）

歴史の闇のなかから

叔父龍次郎・遺児千鶴

いま　ぼくらのからだ　は
暗い　玄海の海を
翔んでいる

いさり火　となって
浮遊する
千鶴の　しろい　魂を追って

空の果て　に
いま　かげろうのよう　ゆれる
千鶴の　しろい　からだを

ぼくは　見ていた

暗闇のなかに　つぎつぎに　白い光が浮かんでは消えていく
機は降下を始めているようでした

延吉が間近かなことをアナウンスが告げる

目をこらした闇の底に　民家らしい黄色い灯が　浮かんでは　消えていた
夢にも見た千鶴が生きてきた世界が　いま目の前に浮かんでいるのでした

大正のはじめ故郷を追われ　暗い海を渡った龍次郎を受け入れてくれた大地
そしてこの地で異端の子として　生を受けた千鶴を　あたたかく育くんでくれた　この延辺の地がいまひろがっています

――だが　なんと長い旅だったでしょう

いま亡き龍次郎の悲憤を　千鶴の悲しみを胸に　この地に降りようとしています

一

千鶴　あなたは　一九四五年あの八月十五日　日本が敗戦を迎えた日が過ぎても　日本には戻ってきませんでした

この　延辺の地で生まれたあなたが　初めて日本の土をふんだのは一九二八年　昭和三年の夏でした

前年　若狭で逝った父定吉の死に目にもあえず　連れそってきた妻の死が　あなたの父龍次郎を　この地を離れさせる想いにさせたのでしょうか　あなたは龍次郎の胸に抱かれたままでした

——この年　関東軍河本参謀らによる　奉天に引揚途上の張作霖を列車ごと爆殺する　日本軍の暴走事件が起きていました　国内でも千六百人にのぼる共産党員の大検挙　三・一五事件があったのもこの年でした

翌年十一月　朝鮮の光州では日本の植民地的差別に反対する学生の反日運動が！　またこの延辺の地　間島でも一九三〇年「朝鮮人の反日武装暴動がおこる」と日本史年表には記されています　満州事変はその翌年始まっていました

あなたの父龍次郎は　ずっとハンセン病を病んでいたとはいえ　毎日が生きるため　この博

多で屋台を引く生活であったといいます

幼な子のあなたと離ればなれになるのをおそれ　らい予防法の強制収容から逃れる日々でした

千鶴あなたは　病む父と一緒に　この博多の地で　安住の地を求めつづけたのです

満州から帰って　この博多の地で亡くなるまで　龍次郎　あなたは一度も郷里の若狭には戻ることはありませんでした　母ユキをはじめ姪たちに　迷惑がかかるのをおそれたからでしょうか　そのあなたが隣りの佐世保には兄善三をたびたびたずねていました　善三の妻　啓にだけは　なにか心を許すものがあったのでしょうか

啓は同じ部落の善三の家のこと　すべてを知った上で村上家へ嫁にきていました　その啓も龍次郎が日本にもどって四年後には　五人の子を残して佐世保の地で他界します

一年後　善三は　肉親のいる若狭からではなく　郷里から遠く離れた佐賀の田舎から　士族の娘を娶っていました

満州昭和製鋼へ駐在員の妻として嫁いだ後　子どもができないのを理由に佐賀の実家にもどされていた女でした　継母として五歳から私を育てることになります

千鶴がわが家にやってきたのは

龍次郎が息を引きとった　施設からの　電報からでした
「イジヒキトリコウ」
真夜中の電報でした　継母は父にいわれるままミシンをふみつづけ　あなたの下着から洋服までをつくろい　父は夜の明けるのを待たず一番の列車で　あなたを迎えにいったといいます
「来た時は　おとなしい子だったんだけどね」
継母の口ぐせでした　あなたは子ども心にも分別をわきまえた　おとなしい子だったのでしょう

春を呼ぶ　渡り鳥のように
あなたは　やってきました
ぼくには　二つちがいの従姉妹なのに
始めから　そう決まっていたように

二人だけの儀式が　ぼくらの遊びでした

千鶴の　黒い髪に
ぼくは　白い花をさした

むせかえる花の　香り
地下に埋った温室が　ぼくらのふしど

まばゆい！
まっしろい　からだに
花びらを　そえた

いちまい　いちまい　——
あふれ出る　谷間に
唇を　そえる

ぼくらの時間は　止まっていた

〈千鶴のいなくなった日のことをぼくは忘れない〉
学校から帰ると　いなくなっていた
なにも残さずに

千鶴が話した　あの遠いオモニの国
おとぎの国の話は　どこに行ったのだろう

――親類の家にもらわれていったという
ぼくにだけに　黙って――

それでも不意に　千鶴は思い出したようにやってきた
〈ぼくは　千鶴のくる日をおそれた〉
いつまでも帰ろうとしない　千鶴
帰ってくる父親の足音にぼくはおびえた
黄色い電球の下の　円いちゃぶ台

円い輪を描いて　伏せてある茶わん
白い花を描いた　小さい千鶴の茶わんがある

玄関に父の声と　佩靭をはずす音が聞こえると

それまで華やいでいた千鶴の声は止まり
テーブルには　笑い声さえはばかる　陰うつな空気が流れるのだった

千鶴は必ず　父のいる部屋に呼ばれ

千鶴になにか　父が言いふくめる
ぼそぼそとした声が聞こえ
千鶴の押し殺したような小さい泣き声がもれてくる

しばらくすると　必ず迎えにくる養母に引きとられ　帰っていく
その夜必ずぼくは　夢の中でうなされた

それでも千鶴は　また　思い出したようにやってきた

幾度もくりかえすうちに　千鶴の足は遠のいていた

千鶴は　この街の女学校に通うようになっていた
下の姉と同じ　市役所前の成徳女学校だった
「千鶴が　学校でハサミやノリをぬすんだんですって」
「千鶴が廊下で　にらんで言うのよ　あなたはオジョウサマ　こちらはジョチュウサマですからって……」
――父の留守にたずねてきた千鶴が　母に話していた言葉を　その時　思い出していた
〈そりゃあ――お父さんは悪い人だったかもしれないけど
死んだ人のことを――そんなにまで言わなくたって
お前のお父さんは悪い人だった　悪い人だったと　あたしが悪いみたいに――〉

千鶴の養母は――龍次郎が若くして養子に出た川西の遠縁に当たるということであった
叔父龍次郎はどうして養子に出なければならなかったのだろう　当時少年のぼくの謎だった
「叔父　龍次郎はどこにいるの」
たずねるぼくに
継母がみせた　長い　奇妙な　沈黙――
ぼくはそれから　龍次郎のことを　決して口に出すことはなかった　遺児千鶴のことも

太平洋でまた　新しい戦争が始まっていた
ぼくが中学一年生のときだった
ぼくは街で　千鶴を待ち伏せしては会っていた
一年目　ガダルカナルからの転退が始まっていた

父親からの音信も絶えた
　千鶴の消息も　切れぎれの噂だけとなった

わが家によりつかなくなっていたばかりか　養家先から　の家出をくりかえしていた

——朝鮮へ行ったらしいといううわさが　流れてきたのは　それからしばらくしてからだった

〈千鶴がいなくなったとき　ぼくはなにをしていたのだろうか〉

あの時　みんながただ死ぬために生きていた　過酷な戦争が続いていたとはいえ
あなたと会ったとき　ぼくはなんと言ったらいいのだろうか　いま　言葉はない

——ぼくもハンセン病に冒されていると思い始めていたのでした

人目につき始めたとき　死のうと思っていた
その前に　強いられた
避けられぬ死が　待っているはずであった
〈死のときを　数え生きていた〉
癩者の秘密を胸に描き
だからこそ　誰よりも死をおそれず
海の藻くずとなれるだろう　そう思っていた
〈あの敗戦の玉音が不意にやってきたとき〉
ぼくは栄光ある死への一ステップとして　T大学予科に入学
徴兵までのあいだ　死への待機として　東京郊外の地下工場の勤労奉仕にあけくれていた
寸断された鉄道を乗りついで　ようやく九州にもどったぼくが
佐世保の家で知ったのは　千鶴がまだ朝鮮から帰ってきてない事実でした

朝鮮が見えるといつわって　一度だけいっしょに千鶴とのぼった　烏帽子岳にぼくの足は向かっていた
千鶴が　苦渋の中で生きてきた佐世保の町が　暗いひだの中に埋もっていました
すりばち状の底の　暗い入江をはさんだ　佐世保の街と赤崎の山
そのはるか　むこうに　赤崎の山を乗りこえて　——ひろい紺碧の　まるい海がひろがっていました
青い空につながる水平線の彼方に　かげろうのようにけむる白い街を見ていました
〈千鶴と見た朝鮮の街にちがいありません〉
引揚者が上陸する　浦頭の収容所は遠くかすんで見えるだけでした
釜山の収容所まで来ていながら　引揚げ船に乗らなかったという　あなたの噂はそこで聞いたのでした

二

龍次郎が朝鮮へ渡ったのは大正三年（一九一四年）十月といわれます

その昔　渤海国の使節が　海流にのって敦賀湊「松原客館」にたどりついた逆の道をたどっていました

第一次世界大戦が始まって敦賀の街は　浦塩景気で湧き立っていました

敦賀湊で龍次郎を見送ったのは　川西為吉だけだったといわれます　龍次郎には翌年　徴兵検査がまっていました

明治三十年より政府は　徴兵検査のさい発見されるハンセン病患者を記録し「壮丁らい」検査場発見件数表としてまとめ　富国強兵と民族浄化の見地からこの検査を重視していました

龍次郎は癩者としての烙印をおされるのを避けたものと思われます

学校を出ると龍次郎は　敦賀の鍵屋町に住む為吉のすすめで　敦賀船町の造船所へ鍛冶職の徒弟として住みこんでいましたが　為吉が大阪に出るや　後を追うように年季の終るのも待たず　大阪へ出ていってしまったのでした

大阪へ出てからは　子どものころより　見よう見まねで覚えた鍛冶師の腕で　鉄工所とか造

兵廠とかを転々としていたようです

龍次郎は　子どものころより手のつけられないほど気性のはげしい　心配の絶えない子だったといいます

佐柿にいる間も傷だらけになって家に帰ってきては　姉のトシに手当をしてもらい　涙をためて弟をさとすトシの姿がありました

家のことを　なにか言われようものなら　誰かまわず泣きじゃくって離さないというのでした　たとえ噂話であっても　子ども心に許せぬものがあったのでしょう

祖父五太夫が近江に出かけたまま戻ってこなかったことも　伯母ウタが敦賀の婚家先から戻されて　すぐに栗柄峠を越えて巡礼の旅に出かけたまま　いつまでたっても帰らなかったことなども　村の噂で聞いていたのでしょう

そしてそれが　なにも非のない者への仕打ちであることを　家内の言葉の端はしから知っていたのでしょう

龍次郎は　敦賀から京都へ　そして大阪　尼崎へと　貧民窟のある町を　為吉にならって一緒になり　渡り歩く生活であったといいます

持ち前のきかん気が　また大柄のからだが　まだ子どもなのに　無頼の徒を思わせるものであったとも伝えられています

明治四十五年七月　軍籍にあった兄善三が　妻として遠敷郡鳥羽村より迎えて　四年も連れそってきた妻ミサと協議離婚します　後で海軍記念日となる明治三十八年の日露戦争の日本海海戦にも参加　胸に負傷まで負った国の殊勲者でした

父定吉のことで　村であらぬ噂がたてられていることは前から知っていましたが　龍次郎の噂までもたて始められていたのでした

明治四十五年九月　同じ部落の八木家に嫁いでいた姉のトシが　離縁され家に戻されました　十九で八木岩吉と結ばれてから四年がたっていました　離縁される理由はなにもないのです　佐柿の家から一歩も外に出ようとしない姉トシ　困りはてた母ユキの悲しみを　龍次郎は大阪で為吉から聞いたのでした

龍次郎を子どものころより　誰よりも愛してくれた姉トシの不幸に龍次郎は身の置き場を失なっていました

翌年十二月　海軍の兵曹となっていた兄善三が　舞鶴の地で佐柿の道具屋　高田理七の三女啓と結ばれ　舞鶴の街で世帯をもちます　捨てる神あれば　かならず拾う神があったのです

姉トシに　アメリカ合衆国移民の　花嫁への話が出ているのを知ったのはその時でした

〈なにもなかったように　日本を出よう　だれにも悟られぬよう　トシの祝儀の前に〉

龍次郎は心に決めていました
浦塩景気に湧く敦賀湊からの　旅立ちであれば　目立つことはないだろう
為吉にだけは浦塩行きを話していました
為吉は前に行ったことのある咸鏡の地をすすめていました

トシは翌年　龍次郎が日本からいなくなるのを見届けるように　大正四年一月　北米合衆国
ユタ州マグナ市へ旅立っていきました　隣村の中山正一と一緒でした
トシはそれから日本へ戻ることはありませんでした

大正六年・一九一七年十月　ロシアでは十月革命が起きていました
翌年大正七年一月　日本政府は居留民保護を名目に　ウラジオストックに軍艦を派遣します
兄善三も舞鶴海兵団の陸戦隊として出征していました
八月二日　日本政府は米国の要請により正式にシベリア出兵宣言を行ないます

翌八月三日　富山県滑川で起きた米騒動が全国に波及　福井市内では十三日夜　米の廉売を
要求する群衆が米穀商を襲いさらに知事官舎・警察署に乱入　県は鯖江第三六連隊に出動を要
請　十四日未明ようやく鎮静化していました

敦賀の町でも　十三日から十四日にかけて曙区を中心に「細民」や市民の一団が　朝鮮玄米を買い占め　隠匿しているとの風評のある金貸業者や米穀商を襲撃する動きがあり　敦賀警察署が敦賀衛戍司令官に連絡をとり　敦賀連隊一個中隊を演習の名目で出動させ　敦賀の町を軍隊の警戒体制下において騒動の発生を未然に防いだことが敦賀市史に記されています

龍次郎は朝鮮に渡った後どこにいたのでしょう　兄善三と会うことはなかったのでしょうか

いま　龍次郎と遺児千鶴がのこした数少ない言葉をたよりに　龍次郎が生きていた道筋をたどろうとしています

あまりに知らなすぎた朝鮮の歴史に恥じいるばかりでした

満州とシベリアの広大な大地に　十九世紀末から二十世紀初めにかけて展開された民族の移動のドラマを抜きにしては　その後のアジアの未来は語れないといわれます

日清・日露の戦争によって国土を荒らされ　「日韓併合」条約を強いられ　国を失い　土地の所有権さえはぎとられていった朝鮮人の苦痛を　私たちはどれだけ理解できるでしょうか

朝鮮人は新たな生活の場を求めて北流をつづけたのでした

韓国がこの地上から消えて九年がたとうとしていました

〈大正八年・一九一九年三月一日のことです〉

この日京城はじめ朝鮮各地で　朝鮮「独立万歳」の声が湧きおこり　一年にわたって全土をおおいつくします

龍次郎は二十四歳を迎えていたはずです　どこでこの万歳運動を迎えていたのでしょうか

急死した高宗が埋葬される三月三日　地方から人が集まる機会をとらえて朝鮮独立宣言を行なう計画がつくられ　民族代表の署名の入った「独立宣言文」が各地に発送されていました

三月一日　民族代表がソウル泰和館に集合し　独立宣言文を朗読　独立宣言を国内外に宣布した後　タプゴル公園に集まっていた学生と市民が「独立万歳」を叫んで市街地に向いデモ行進を始めました　殆んど同時に地方の都市でもあいついで独立万歳がおこったのでした

「無知な民衆が万歳万歳とうかれて歩いているだけですぐおさまる」とたかをくくっていた官憲は　それがあやまりであると知るや　日本から軍隊を増派し「実弾射撃おかまいなし」の強硬策で平和な集会とデモ行進に対していました

四万七千の検挙者　無差別銃撃などによる死者は七千人を超えるとされます

五月四日　中国の学生反日運動を触発　五・四運動として全国にひろがっていました

朝鮮の三・一独立運動のさなか　現地の日本人多数は「自衛団」を組織して官憲に協力したといわれます

日本国内でもこの血のにじむ『万歳』の声の意味を感じとろうとせず　独立・万歳に託された朝鮮人民の声を蔑視・黙殺したのでした　ただ少数とはいえ　民衆への連帯の新しい芽生えが生まれていたといいます

龍次郎はこの三・一運動の民衆の声を　どのように見ていたのでしょう

三・一独立万歳運動の中で多くの人たちが　咸鏡の村からも山を越え　豆満江に逃れ　海蘭江のほとりの龍井の街にたどりついたといわれます

故郷を追われ　徴兵検査を忌避した身でした　出奔した龍次郎の足どりは　しばらく消えています

そんな中で千鶴の存在だけが　深い霧の中に　浮かびあがってくるのでした

〈大正十五年一月　千鶴は吉林で生まれていました〉

龍次郎は満州の地に逃れていたのでした

〈千鶴が話していた　遠いオモニの国　が浮かんできます〉

龍次郎が博多で亡くなった後　しばらくわが家に引きとられていた　千鶴がいつも話していた　千鶴だけの世界でした

遠いオモニの国／きらきら輝く　まっ白い銀世界／いちめん氷が張りつめたひろい河／橇で遊んだ朝鮮の子そして満州の子たち

枯木で囲ったひろい庭／ムクゲの花がいっぱいの／オモニが白い花を髪にかざしてくれたの

オモニを残して帰ってきた日本の／高い塀と深い堀のある／お城のようなマチ

〈娘一人　父一人の逆境の中で　千鶴が描いたメルヘンだったかも知れません〉

そして千鶴は同じようなことを　私の母　継母にも告げていました

そこに重複する数かずの事実　龍次郎が隠してきた　埋もれてきた　真実があるように思えるのでした

龍次郎はこの延辺　龍井の地に　日本人より心に通じあう　何かを求めていたのではないでしょうか

朝鮮の詩人が　客説（カクソリ）の歌を　教えてくれていた

「プマ　プマ　プマ
去年きた　カクソリが
今年もきた
去年はつれなかったけれど
今年はどうする　プマ　プマ　プマ」

これはライの物乞いのことらしく　つづけて言葉が　つづく
「あなたは　ムンディ・オモニという言葉の意味がわかりますか？　これはレプラなる母　そのためにいっそうなつかしく愛すべき祖国のイメージです」　と

われわれはかつていちども　このような意味で　血みどろの歴史であるゆえに日本を愛したことはなかった

〈レプラなる母は　いなかった〉

つねに日本は　敗れても日本は　光輝あるイメージを持ちつづけてきた　われわれの仮構と

エゴイズムがそれを迎えた　このことがわれわれの眼を曇らせているのではなかったのか
（村松武司著作集「海のタリョン」皓星社）

一八九五年　日清戦争に勝利した日本は　らい者と乞食が外国人の目にふれるのが国辱であるとして　らい者を閉じこめ　果ては　断種まで強いる「らい予防法」を明治四十年につくり　戦後の民主憲法下も温存させ　一九九六年になって　ようやく廃止していた
明治の初め　列強に伍するためと称し　脱亜入欧のもと「おくれた東洋」を圧迫して近代化をはかろうとし　決して身につけることのなかった精神の自由と　そのための闘いがなかったことは　日本の未来のために内省せねばならぬことである

延辺・間島　龍井《ヨンヂョン》の街で生まれ育ち　若くして福岡刑務所で獄死した　尹東柱《ユンドンヂュ》の「序詩」が浮かんでくる

死ぬ日まで空を仰ぎ
一点の恥辱《はじ》なきことを、
葉あいにそよぐ風にも
わたしは心痛んだ。
星をうたう心で

生きとし生けるものをいとおしまねば
そしてわたしに与えられた道を
歩みゆかねば。

今宵も星が風に吹きさらされる。

（伊吹郷訳「空と風と星と詩」影書房）

国境の地にそびえ立つ白頭山　その「天池」からあふれる幾筋の白河が　この延辺の地をうるおしていた
国境を流れる豆満江を渡ると　白頭山に連なる山なみ長白山脈が中央に走っていた　そのふもとは革命の聖地でした
豆満江が海にそそぐ下流は　朝鮮・中国・ソ連邦沿海州が隣り合わせになっていた　ウラジオストックも目の前でした

この豆満江が海にそそぐ三角州は　七世紀初め　渤海五京の一つ「東京龍原府」がおかれ七八六年には渤海は豆満江河口の東京龍原府（琿春《フンチュン》県）に遷都します　日本列島の能登　敦賀とも交易を始めていた
龍次郎も敦賀松原駅に　古代　渡来人をもてなす「松原客館」がおかれていたことを知っていたのでしょう

蒸気船のなかった昔　潮流に乗れば　日本海海岸に容易にたどりつけたといわれます　六九八年　渤海が建国し　日本に初めての遣使を送った七二七年ごろ　敦賀「松原客館」の周囲は　鋳物師（町名）紙屋　鍵屋（鍛冶師）が点在し　唐人橋の町名も残っているよう鋳物　鍛冶　製紙　漁労　農耕　仏教文化に至るまで渡来文化は　まず点在するこの町で伝授され　各地に伝わっていったといいます

龍次郎の父定吉は　敦賀松原の鋳物師の家から佐柿の村上家へ養子に入ったといわれ　祖父五太夫も松原の出といわれておりました

後で龍次郎の親がわりとなる鍵屋町の為吉から　龍次郎は　いく度となく聞かされていたのでした

龍次郎が朝鮮へ渡ったのは　そして吉林省延辺の地で落ち着いたのは特別の理由があったからなのでしょうか　あの「日韓併合」の後　北上した人たちと運命を共にするなにかがあったのでしょうか　いま私は自分に問うているのです

三

一九一〇年八月　日本はあの「日韓併合条約」によって大韓帝国をこの地上から消滅させせま

した
土地をうばわれ　国をうばわれ　それに反抗する人たちは義兵として国境を越え　豆満江を渡り　間島地方へシベリア・ウスリー地方へと根拠地を求め北上をつづけていました　農民の移住は前からつづいていたのでした
間島には数多くの愛国の志士が訪れ　抗日独立軍の兵士たちの宿営の地として　龍井の街を中心に抗日愛国の組織が形成されていました
一九〇九年十月　ハルビン駅頭で植民地推進の中心人物伊藤博文にねらいをしぼって　伊藤を銃殺した安重根も　北間島に入ったといわれます

安重根は一八七九年九月二日　黄海道海州府に生まれました
結婚後カトリック教信者となり洗礼を受け　二十七歳のとき　乙巳条約（第二次日韓協約〈一九〇五〉）の不当を世界に知らせるため上海に渡り　父の死後　鎮南浦で学校をつくり救国の人材養成に力を尽くしたが　二十九歳のときウラジオストックに渡り　大韓義勇軍の参謀中将兼特派独立大将として武力抗日闘争を展開
一九〇九年十月二十六日　ロシアの蔵相に会うためハルビン駅に下車した伊藤博文を単身で狙撃　射殺します　法廷で安は伊藤博文の十五ケ条の罪状を糾弾
一九一〇年三月二十六日　旅順監獄の刑場で処刑されます　享年三十一歳

安重根は法廷で伊藤博文の罪状を十五ケ条述べていました
一、韓国閔皇后弑殺の罪
二、韓国皇帝廃位の罪
三、日韓保護条約五ケ条と第三次日韓条約七ケ条締結の件
四、無辜の韓国人虐殺の罪
五、政権勒奪の罪
六、鉄道　鉱山　山林川沢勒奪の罪
等々　一四ケ条目には「東洋平和破壊の罪」が挙げられています

故郷から届けられた韓服を着て処刑に従容と臨んだ安重根の最後の言葉は
「私が死んだ後　遺骨をハルビン公園の近くに埋めておき　国権が回復した後の故郷に返葬してほしい　私は天国に行っても　国権回復のために尽くすつもりだ　君たちは帰って同胞に　皆が各々国のための責任を負い　国民としての義務を果たし　心を一つにし　力を合わせて功労を立て業を遂げるようにと　伝えてくれ　大韓独立の声が天国に聞こえてきたら私はきっと踊りながら万歳を叫ぶだろう」であったと
（「ヒロシマ　ナガサキ　を考える」編著・石川逸子・一九九五年・一　第五三号を引用し伝える）

朝鮮・中国にまたがる歴史の中に　私は龍次郎を想い浮かべていた　そして龍次郎と同じ時代に生きた磯谷季次氏の「わが青春の朝鮮」の中に　龍次郎の青春を二重写しにしているのだった

磯谷季次氏は一九〇七年に生まれ　歩兵として朝鮮・羅南へ渡り除隊後　就職先の「窒素」(後のチッソ）興南工場の酷使に抵抗し　三二年　治安維持法違反容疑で検挙　投獄され　十年間　朝鮮の牢獄にあり　朝鮮人革命家たちと友情で結ばれたのだった

磯谷氏は「窒素」の硫酸工場につとめ　粉塵の中でボロボロになった服を着て　タオルで口と鼻をおおい　昼夜三交代で朝鮮人にまじって働いた　その中で朝鮮の革命家たちと出会い「間島五・三〇」の悲劇を知り　朝鮮・「満州」・日本が解放のための手をつなぐことを願って一九三二年四月　自分もストライキに参加していた

この事件で彼は四百余人の朝鮮人と共に興南警察に検挙され　留置場の四畳半に二十人がつめこまれ　南京虫と虱と蚤に悩まされた　壁に小さな落書きがあるといっては　鉛筆の芯の端くれが発見されたといっては　苛酷な取り調べを受けた　リーダーの李文弘は服の襟裏から文書が発見されて拷問を受けた

磯谷氏は咸興刑務所の厳寒の独房に移され　身体の露出部　手、顔などは無数の針をつきたてられたような痛烈な寒気に見舞われた　薄い上着一枚　短い襦袢一枚だけだった　手先や顔面を手拭いで強く摩擦しつづけたので手拭いはたちまちボロボロになった　手でこすりつづけ

たが凍傷になり　頬や耳は血だらけになった　同じ棟の朝鮮人同志は両耳が凍って腐りおちてしまった

一九三四年十一月末　咸興地方法院の判決に控訴した彼は　朝鮮人同志と共にソウルの西大門刑務所に送られていた

当時ソウル西大門刑務所「新拘置監」には一九三〇年「間島五・三〇」蜂起の関係者が多数収容されていたが死刑を宣告され刑の執行が確定した者が二十二名いた　彼らは全部新拘置監に収容されていたようで　朴翼燮もその一人だった

刑務所では死刑囚は独房にいれず　三人以上の監房に収容されていた　それは一人でおくと自殺するのではないかという懸念からだった　事実　普通の殺人犯などの死刑囚で　独房にいて自殺をとげた前例が少なくないらしかった

一般に　死刑囚といえば意気阻喪して食うものもあまり食わず　悶々としている人間を想像しがちだが　朴翼燮の生活からは全くそうした暗い印象は感じられなかった　むしろ私たちより明朗であった　それは〝自分たちは民族的良心の命ずるままに為すべきことはした　それで満足でありあとは天命にしたがう〟という感じだった

朴翼燮はいつもにこにこしていて　ときどき私たちを笑わせた　それはいかにも労働者らしい素朴な仕草だった　ある日彼は週一回の入浴をおえて監房にもどると　着物を着る前に　同房者一同を前にして　真っ裸のまま陰毛を八の字に捩り　直立不動の姿勢で「ハイッ　みなさ

ん　私は大将です」といって挙手の敬礼をしてみんなを笑わせた

彼は歌は上手でなかったが――多分音痴ではなかったか――よくうたっていた　自分の歌があまり上手でないことを彼自身知っていたためか　はずかしそうに　おちょぼ口をして小さな声でうたった　彼の一番好んでうたったのは　かつて本宮の朱仁奎たちの家にいた端川の娘がよく口ずさんでいた『ソビエット行進曲』だった

同房者たちは　できるだけ彼の生活を明るくするように心がけようとしたが　彼自身の方がいつも明るく　決して暗い顔を見せなかった　しかし　それゆえにこそ一層　彼の表面には決してあらわさない内面の世界の闘いを　私はおしはかった

同房の他の人たちも　口にこそしなかったが　心中ではこの死刑囚が　自分の全存在をかけて人間としての最も根源的な闘いをつづけていることを知っていた　私は自分の前にいるこの労働者風の無名の青年こそ真の自由の体現者だ　と思った

自由とは　権力を武器としておのれの思うままに振舞うことではない　それはまた頭の中で考えられ　知識として学びとられるものとも全くちがう　真の自由の人とは　彼の魂が最大の良心のための闘いに直面したとき絞首者たちの恫喝にあっても　支配も束縛もされず　そして屈服もさせられない人間のことであろう　魂や精神の自由ということは　そうした状態に自己を保てる資質であり保証だと　私は思った

一九三六年七月二十日　二十一日の両日にわたり　李東鮮　朴翼燮　曺東律　金応洙　金鳳乭等の死刑囚二十二名全員が暗黒のうちに処刑されてしまった　それは朝鮮民族解放闘争の血の歴史の一頁であった

処刑が決った当日の朝　死刑囚たちには特別食が配られたので　新拘置監の収容者たちは素早く処刑実施を感知したという　やがて一名ずつ監房から引きだされていったが　まわりから万歳の声が湧きおこり　刑場では彼らは「共産党万歳！」を叫んで死んでいったという

金応洙は監房から刑場に向う途中『赤旗の歌』を高らかにうたっていったという　それははじめ朝鮮語で　あとは日本語だったという　日本人同志たちへの告別の思いをこめたものだったろう　当時　西大門刑務所には京城帝国大学の教授だった三宅鹿之助氏なども拘束されていたのである

李東鮮たちが処刑されたその日　朝鮮人たちは　思想犯だけでなく一般の在監者たちも断腸の思いで彼らを見送ったはずである　と磯谷氏は記している

龍次郎あなたは一九二八年八月　秘かに幼な子の千鶴を伴ない　博多の街にもどっていました

この虐殺とも思える死刑執行について　あなたは知ることもなく一九三五年　博多の地で行き倒れとなっていたのでした

あなたが日本に帰ってから　延辺の地は目まぐるしく変わっていきました
一九三〇年　あの満州の地　延辺でおきた間島五・三〇蜂起　翌一九三一年関東軍によって引きおこされた柳条溝の満鉄爆破事件　まちかまえていた吉林への関東軍の軍事行動　朝鮮軍の満州への越境出動
そして翌一九三二年三月一日の満州国建国宣言！を　あなたは　どんな想いで見ていたでしょう
あなたが亡くなった後　わが家に引き取られた遺児千鶴が　夢のように語った　言葉の端はしから推しはかるほかありません

あなたが苦難の中で追いつづけた夢とは　いったいなんだったのでしょう
いまも　私は　千鶴の行方とともに　あなたの夢を追いつづけたいと思っています

あなたが　もどってきた博多の地で　医療の対象ともならず　ましてや社会救済の対象とすらならず　七年ものあいだ　千鶴とともに浮浪徘徊をつづけねばならなかった　そのようにあなたをおとし入れた　偏見をつくったものを憎みます
「満州事変」を機に政府は　一九三一年（昭和六年）　患者狩りの「らい予防法」をつくりま

す……
そして国家の責任を謳い　民族を浄めるの名にかくれて　科学的装いをこらし　偏見をつくり出し　恐怖心を煽ったのでした

不治でもないのに　不治の病といい
ふだんには伝染がありえないのに　コレラ菌のようだといい
「隔離　強制収容」を強い
その中での断種！　を　生涯にわたる絶対隔離をつづけたのでした

あなたが村を追われ　自らが選んだ咸鏡の地で　それから満州に逃れて　この地で夢みたのは　なんだったのでしょうか

〈村を出た後　あなたは故郷に一度ももどろうとはしませんでした〉
祖母ユキは　あなたと孫の千鶴のことを　若狭の地で亡くなる日までなにもできなかったことに心を痛め　わが身をさいなめたのでした

一九三二年（昭和七年）九月十日　祖母ユキは　佐柿の地で永眠します

満州国建国宣言の年です

あの一九三〇年（昭和五年）間島の　五・三〇蜂起のあった日から二年がたっていました

もう一度　あなたが　癩を病み　苦難のなかで　見つづけた夢を　もう一度想いおこしています

〈その　あなたが苦難のなかで見つづけた夢……〉

それは　何も残すことのなかった　あなたの
私たちに残さねばならない　遺書だと思っています

なにも残すことなく　逝った人たち

沈黙のまま亡くならねばならなかった人たち
歴史の闇に捨てさられた人たちの
人としての復権をはかることが　いま

私たちが為さねばならない　あなたへの供養であると考えています
復活は　すでに　始まっています
いま私は満州　延辺の地の龍次郎の生きざまを　そして千鶴のほかは誰も知ることのなかった　龍次郎の博多での最後を想いつづけています

（二〇〇〇年七月）

延辺の地をたずねる

恥ずかしくない国の民となるために

このたびの「東アジア文学シンポジウム」延辺への旅は、二十一世紀を前にし感慨深い旅となりました。

一度かならず訪ねたいと決めていた延辺（間島）の地でしたが、かの地にわが国が残した傷あとの深さに、ただもう言葉を失っていました。

日韓併合条約によって、国を失い、土地の所有権さえも剝ぎ取られていった人たちは、豆満江を渡って満州、シベリアへと北上を続けました。韓国併合の翌年だけでも五万人を超えていたといいます。

満州との国境にそびえたつ霊峰白頭山。頂に豊饒な水を湛える神秘な天池はいく筋もの白河をつくり、この延辺の地を豊かなものにしていました。

豆満江を渡った移住民は、まずはじめに海蘭江《ヘラン》のほとりに水田をおこしました。そして両岸に竜井《ヨンヂョン》の街をつくっていました。

竜井《ヨンヂョン》、竜の泉。この大地から竜が飛び立つ日を夢見たのでしょうか。渤海国東城、西城を後背の地にもつ竜井《ヨンヂョン》の街は、この後、二十世紀、満州、シベリアの大地をゆるがす抗日、反帝の聖地となっていったのでした。

ホテルを出た観光バスは、延吉の街の中心部を通り抜け、南の丘陵をのぼり始めていました。しばらく行くと渤海国西古城の遺跡が見えてくるはずでした。

丘陵をのぼりつめ、松林が切れ、一瞬、目の前に牧歌的風景がひろがっていました。なだらかな丘陵の下、帯状の底辺部に一本の白い線が走っているのが見渡せます。ところどころで消えてはすぐ現われ、太陽の光を浴びながら、ゆっくりと図們の方へ流れています。

「海蘭江《ヘラン》です。あの白い河が海蘭江《ヘラン》です。白い煙がなびいている所が竜井《ヨンヂョン》の街です」

ガイドの声ははずんでいるようにみえた。

はるかむこうに重なりあいながら黒々と連なっているのが、朝鮮でしょうか。

一九三二年、槙村浩が四国、高知の地で、朝鮮民族の解放闘争を想い、詩いあげた「間島パルチザンの歌」が浮かんでいました。主人公　少年の姿がいま黒い山々の斜面を背に浮かびあがってきます。

一九一九年三月一日、この日京城はじめ朝鮮各地で朝鮮「独立万歳」の声が湧きおこり、一年にわたって全土をおおいつくします。
日章旗に代わって母国の旗が家々の戸ごとに翻った三・一独立運動。
この運動の中で日本の軍隊・警察によって殺された人　七千五百九名、負傷者　一万五千九百六十一名、逮捕者は四万六千九百四十八名、破壊・放火された民家七十五戸、教会四十七ケ所、学校一ケ所におよんだのでした。(『近現代史のなかの日本と朝鮮』)
あの日から少年は、父母と姉に永久に訣れを告げ、豆満江を渡って、間島パルチザンに加わっていました。

氷塊が河床に砕ける早春の豆満江を渡り　国境を越えてはや十三年　苦い闘争と試練の時期を　おれは長白の平原で過した
気まぐれな「時」はおれをロシアから隔て　厳しい生活の鎖は間島におれを繋いだ
深夜結氷を越えた海蘭《ヘラン》の河瀬の音に　密林に夜襲の声を谺した汪清の樹々のひとつひとつに
風よ　憤懣の響を籠めて　白頭から雪崩れてこい!

――槙村は、少年の魂に代わって詩ったのでした。
在日の朝鮮人の地下水脈を経てひそかに伝えられる抗日朝鮮人ゲリラを知り、『間島パルチザンの歌』を書きました。一九三八年九月三日、日中全面戦争のさ中、投獄・拷問による肉体的破壊により二十六歳の短い生涯を終えました。

はるか彼方のあの山を越え、どれだけ多くの人たちが、豆満江を渡ってこの地に移ってきたのでしょう。胸が熱くなってくるのでした。

バスは海蘭江《ヘラン》に沿った丘の上を、まっすぐに走っています。両わきに風にゆれる玉蜀黍畠がつづきます。

頭上に大きく「和竜――進　八林区　防火第一」と記したアーチの下をくぐっていました。原木を積んだトラックが行き交います。和竜は日本でも木材集積場として、名が通っていました。道が少し下り坂になっています。

小さいわらぶき屋の集落が現われては、すぐに消えていきます。集落の中央に、木製の十字架が立っているのがなにか印象的でした。小さいカトリックの教会があるのでしょうか。敬虔なカトリック教徒であった安重根を想い浮かべていました。安重《アンジュングン》根もこの地に入ったといわれます。

義兵闘争がヤマを越した一九〇九年七月六日、日本政府はその年の春以来の検討をへて、適当な時期に韓国の併合を断行する閣議決定を行なっていました。韓国を日本の植民地にする併合推進の中心人物、伊藤博文にねらいをしぼって、安重《アンジュングン》根はロシア蔵相に会うためハルビン駅頭に下車した伊藤博文を一九〇九年十月二十六日、単身で狙撃、射殺しました。安《アン》は法廷で伊藤博文の十五ケ条の罪状を糾弾します。

そして翌年三月二十六日、安《アン》は胸に聖画をしまい、故郷から届けられた韓服を着て、従容と死に臨んだのでした。

安重根《アンジュングン》に畏敬の念をもち、彼の死後、自宅の仏壇に安重根《アンジュングン》義士の遺影と墨書を供えて、日々香を捧げ、冥福を祈った千葉十七は関東都督府憲兵隊に勤務する憲兵でした。いま安重《アンジュン》根《グン》と千葉十七の出会いが世の注目をあびています。

千葉十七が安安重根《アンジュングン》に畏敬の念をもち始めるようになったきっかけは、事件後千葉は安《アン》重根《ジュングン》に煙草をすすめ、両親は健在かどうか尋ねたところ、安重根《アンジュングン》は父は五年前に死んだが母は健在である。五歳を頭に二男一女がおり、国事に奔走して顧みていないが、この事件で母と妻子の行く末が案じられると話し、千葉の両親のことを尋ね、千葉の両親が健在であると聞くと、大変うらやましい、大事にしてあげてほしい、と言ったといいます。

また年が明けての当直勤務の際、伊藤殺害の理由について直接に質問していました。安重根《アンジュングン》は、自分が念願とするところは日露戦争の日本の宣戦書にある「東洋の平和を維持し、韓国独立を強固にする」ことであり、現在の日本の政策は韓国侵略、東洋平和破壊以外のなにものでもないので、伊藤殺害はその政策転換を願ってのことである、と真摯に語ってくれていました。

死刑執行が迫った日曜日の当直日、千葉は安重根《アンジュングン》に、韓国の独立を犯した日本人の一人として深く詫びたのでした。

安重根は千葉の手を握り、今回の行動で歴史の流れは変えられないかもしれないが、あとにつづく祖国の若い同胞の愛国心をかたく信じたい、と語ったという。

自分が日本の軍人しかも憲兵であるため、あなたのようなすぐれた方を重大犯人として看守していることがとても辛い、と安重根の手を両手で握りしめた千葉に、安重根は、あなたは軍人として当然の任務を果たしているだけ、自分は伊藤公が韓国軍隊の解散を強行したため、独立軍義兵を結成し、その参謀中将として任務を遂行したのであって、一旦事あらば国のために身を捧げるのが軍人の本分なのだから、お互いの立場立場で仕方のないことだ、とかえって千葉は慰められたのでした。

死刑判決言い渡し三日後の日本関東都督府高等法院、平石義人院長との面談録の中で、安重根は韓、清、日、三国による東洋平和会議を提唱、旅順をいったん清に返し、そこを三国が共同管理し、平和の根拠地とすることに言及していた。彼の命を賭した指摘を圧殺した日本は、厖大な非常の死者をつくりだす道へとひた走りに進んでいったのでした。

青山里《チョンサンリ》を過ぎたころ、道路に沿って流れていた小川が本流と合流、流れがいちだんと激しくなっていました。水しぶきをあげる、せせらぎがさわやかでした。舗装した道路が、でこぼこの山みちに変わっていました。今まで見えていた稜線の上の青空が消え、バスは深い森の中を進んでいるようでした。先ほどからガイドに青山里《チョンサンリ》の地点を尋ねていました。

三道から北へ十五里のところが北青山里《チョンサンリ》です。独立軍と日本軍の戦闘がありました。

ガイドの言葉はそれ以上すすまない。私たちへの配慮であろうか。

故梶村秀樹氏の『朝鮮史』の中でみてみよう。

三・一独立運動の総括の上に立って、実践面で二つの形の試行錯誤が行われた。その一つは、理想主義と平和主義の甘さへの反省から、直接行動を重視する心情に基づくもので、直接行動の本流は、義兵の系譜を継いで満州・シベリアに根拠地をすえていた「独立軍」と呼ばれる諸部隊にあった。「独立軍」は、日本軍を戦闘を通じて朝鮮から駆逐するという遠大な展望をもっていた。

日本軍のシベリア出兵以後、独立軍はシベリアではソ連の極東共和国の側に立って共通の敵日本と戦った。実際、参戦を通じて武器を充実させた独立軍は、中隊規模の日本軍を袋小路に追いつめて全滅させた青山里《チョンサンリ》の戦闘（一九二〇年八月）等により、その実力を示した。

日本が韓国を併合して、ちょうど十年目である。私はこの青山里《チョンサンリ》の闘いと共に、この二カ月後、琿春《フンチュン》で起こされた謀略的な事件を語らずにはおれない。馬賊を買収して日本領事館を襲撃させ、これを独立軍の行為であるようにみせかけた琿春《フンチュン》事件である。琿春《フンチュン》事件を口実に、大軍を満州に不法侵入させ、殺しつくし・奪いつくし・焼きつくす、後の十五年戦争・三光作戦の原型となる徹底的な作戦を展開、移住朝鮮農民にまで大打撃を与えた。この間島出兵による犠牲者の規模は前年朝鮮全土をおおった三・一運動の際の、それよりも大きいと推定されている。これ以後、独立軍は極東共和国とも疎隔を生じ、やや衰微するが、なお闘争をもちこたえつづけていく。

不屈のエネルギーといえよう。それを如実に示したのが、一九三〇年五月三十日・国際連帯の間島五・三〇蜂起であった。八月一日の反戦記念、十一月七日のロシア革命記念、十二月十一日の広東クーデター記念闘争と持続的に続くのである。故磯谷季次氏の「わが青春の朝鮮」、間島五・三〇事件でみてみよう。

竜井の街「海蘭江《ヘラン》」を左右に「遊撃区創設」をかかげ、市街戦を展開、「頭道溝」を三日間にわたって占領、「満州」軍の一個大隊を郊外に逃走させていた。日本領事館は封鎖され出入禁止状態であった。

蜂起した群衆の押収した米穀と衣類は、どのような私用も許さず、全部が貧民に分配された。日「満」の軍警すべてが召集され、会寧七五連隊（朝鮮軍）までも緊急出動し、群衆はようやく都市から退却し農村に入り遊撃隊を組織、一連の激しい農民蜂起の中から、その後パルチザン部隊が生み出されていった。

同年末までに数千名が検挙され、四〇三名がソウル地方法院に起訴され、周現甲、李東鮮ら三十二名が死刑判決を受けたのである。

一九三六年七月二十日、二十一日の両日にわたり李東鮮、朴翼燮、金応洙ら二十二名はソウル・西大門刑務所で暗黒のうちに処刑されてしまったのである。

刑場で彼らは「共産党万歳！」を叫んで死んでいったという。金応洙は監房から刑場に向かう途中『赤旗の歌』を高らかにうたっていったという。それは、はじめ朝鮮語で、あとは日本語だったという。

アジアの民族解放、国際連帯の歴史の一頁をかざるものとして多くの人々の記憶の底にとどめねばならない。旅の途中できめていました。この魂は脈々と引き継がれていました。

延辺での最後の日、「空と風と星と詩」の尹東柱《ユンドンヂュ》の生家を訪ねました。

尹東柱《ユンドンヂュ》は、この竜井《ヨンヂョン》の街の光明中学を卒業したあと、日本に渡り日本の大学で学びながら、当時禁止されていた母国の言葉で詩作をつづけました。ただそれだけの理由で日本の治安維持法違反で投獄され、福岡刑務所に収監されたのでした。尹東柱《ユンドンヂュ》は獄中で正体不明の注射を打たれつづけたといいます。

一九四五年二月、日本の敗戦の六カ月前、朝鮮民族の解放を知ることなく福岡刑務所で獄死しました。豆満江を渡って朝鮮・会寧へとつづく竜井《ヨンヂョン》の街から少し離れた国境の街三合鎮への途中に尹東柱の家はありました。

まきの枯木の枝で囲った静かなたたずまいでした。ちょうど私たちを歓迎でもするように部落では老人節のお祝いの準備で、私たちも歌と踊りの中に入っていました。人参酒、キムチ、まんとうのおよばれにあずかったのでした。

　ソウル西大門刑務所のできごと、間島五・三〇蜂起、そして青山里《チョンサンリ》の闘い、すぐ起きた琿《フン》春《チュン》事件。また三・一独立万歳運動も、すべてを古老たちから口づたえに聞きながら育っていったのでしょう。間島・竜井《ヨンヂョン》の街の歴史は、脈々と尹東柱の魂を形成していったのです。そのことを帰ってからも思いつづけました。

　そのことは今からでも、遅くないことを。

　アジアの国々の中で、日本人が恥ずかしくない国の　民になれる日のために、そのことを思いつづけていました。

（一九九九年八月）

ムンディ・オモニ

――松居りゅうじ「レプラなる母」によせて――

島　比呂志

一九九一年一〇月十三日、私は突然、詩人村松武司さんからの電話を受けた。突然というのは、お名前はよく存じているが今までに一切交渉がなかった上に、用件が大江満雄の前日の急逝を伝える夫人からの伝言であったからである。

その時のあわただしい電話の最後で、

「一度ゆっくり、島さんと話したいことがあります。ぜひ、今年中にと思っています」

と言った言葉が、妙に心に残った。しかもその言葉は間もなく村松さんが他界されたことによって、遺言のように忘れることができなくなってしまった。私は折に触れて、村松さんは何を私に話したかったのだろうか、と考えることがあった。しかしその謎は解けぬまま、やがて一〇年にもなろうとしている。

二〇〇〇年七月、大河内昭爾さんから『文芸年鑑』九九の「同人雑誌展望」のコピーと、何かの雑誌のコラム「読書日記」に執筆された文章のコピーを送っていただいた。

紹介されているのは大宅壮一ノンフィクション賞を受賞した、高山文彦『火花——北條民雄の生涯』（飛鳥新社）と荒波力『よみがえる〝万葉歌人〟明石海人』（新潮社）の二冊であった。大河内さんは、次のように述べている。

「偶然とはいえ、特殊な病気のため出生地や本籍などが謎につつまれてきたすぐれた二人の文学者の生涯がようやく解明されたのである」

私はさっそくこの二冊を取り寄せて、読んだ。お二人の丹念な仕事に感心しながらも、私はなぜか満たされないものを感じていた。らい予防法が廃止され、ハンセン病回復者の人権が認められるような社会になったから、二人の文学者の謎が解明されたのか、それとも二人がすぐれた文学者であったからなのか、私はなぜか釈然としない思いに苦しんだ。らい予防法が廃止されても、療養所は呼称が変わっただけで、隔離の姿は昔そのままなのである。

今なぜ民雄なのか、海人なのか、と考えている時、同人の松居りゅうじさんから『アジア・ナショナリズム・日本文学』3（皓星社）が送られてきた。この中には松居さんの「レプラなる母」が収録されている。便りの中に村松武司さんのことが書かれていた。少し長い引用になるが、ご容赦ねがいたい。

客説（カクソリ）の歌を　朝鮮の詩人が教えてくれた
「プマ　プマ　プマ
去年きた　カクソリが
今年もきた
去年はつれなかったけど
今年はどうする　プマ　プマ　プマ」
これはライの物乞いのことらしく　つづけて言葉が　つづく
「あなたはムンディ・オモニという言葉の意味がわかりますか？　これはレプラなる
母　そのためにいっそうなつかしく愛すべき祖国のイメージです」
私は一瞬たじろいでいました
私たちはかつて一度も　このような意味で　血みどろの歴史であるがゆえに日本を
愛したことはなかった　レプラなる母はいなかった
つねに日本は　敗れても日本は　光輝あるイメージを持ちつづけてきた　私たちの
仮構とエゴイズムがそれを迎えた　このことがわれわれの眼を曇らせているのではな
かったのか
くらべものにならない　村松武司の言葉に　日本のライ者を思いつづけました
そうして松居さんの長編叙事詩「日本人の遺書」三部作は、今回の「レプラなる母」を加えて完成した。これは日本にかつて存在しなかった、ライの血みどろの家系の歴史を描いており、民雄や海人にはないライの文学を提示しているのではないか。そして九年前の村松さんの電話の謎――私に話したいことというのは、すでに松居さんが作品にした「レプラなる母」についてではなかったか、とやっと謎が氷解した次第である。

それは民雄や海人の本籍、本名が解明されることとは比較にならぬほど重大な文学上の課題を、私に残した。

（二〇〇〇・八・五）

――『火山地帯』第一二四号より――

年譜

昭和三年（一九二八）	零歳	十一月一日、長崎県佐世保市祇園町に生る。父、松井庄太郎、母栄。父佐世保海軍軍需部・陸上勤務のとき生る。
昭和十一年（一九三六）	八歳	叔父龍次郎の遺児、二歳ちがいの千鶴が家へ引きとられてくる。
昭和十三年（一九三八）	十歳	父庄太郎の台湾澎湖島への赴任に伴い佐世保白南風小学校より台湾馬公小学校に移る。澎湖島へ二年間居留。
昭和十六年（一九四一）	十三歳	長崎県立佐世保第二中学校（現・佐世保北高校）に入学。
昭和十七年（一九四二）	十四歳	ソロモン諸島・サボ島沖海戦で父乗艦（古鷹）沈没。漂流中、米艦が救助、捕虜となる。敗戦まで行方不明の公表もなし。
昭和二十年（一九四五）	十七歳	米軍Ｂ29佐世保大空襲、市街地全滅、被災。大学勤労動員先・栃木県大谷地下工場で敗戦を迎える。

昭和二十三年（一九四八）	二十歳	福井県に大地震、春江・丸岡地区に東京女子医専・順天堂大学の学生と救援活動。
昭和二十四年（一九四九）	二十一歳	福井民報編集者。新日本文学会福井支部結成に参加。若狭湾一帯に米軍演習、米兵による婦女暴行事件の被害を調査取材。占領政策妨害の罪で落合英一・山口小太郎の両氏、占領政策に違反したとして軍事裁判、重労働五年判決。
昭和二十五年（一九五〇）	二十二歳	五十年問題、国際派とし除名。統一委に加わる。朝鮮戦争勃発。トルーマン原爆使用を示唆。反戦運動。従姉妹・中山光子、二人の幼な子を残して施設に収容。父庄太郎、敦賀駅で見送る。後で駅前の事務所に二人で訪ねてきたことを知る。
昭和二十六年（一九五一）	二十三歳	父庄太郎、福井県三方郡耳村佐柿で永眠。死に目に会えず。上京。参議院で光田健輔「らい患者家族の検診と断種」、警察による強権収容を示唆する証言。
昭和二十七年（一九五二）	二十四歳	非公然反戦運動詩誌『石ツブテ』を創刊。港区芝浦、古川橋に居住。

昭和二十八年（一九五三）	二十五歳	中労委会館（芝公園）で開かれた魯迅祭で、『石ツブテ』掲載の米兵の婦女暴行糾弾の〝怒れ高浜〟構成詩、朗読（公演）。石ツブテ公然化す。全患協による「らい予防法改正」国会前坐り込み・ハンストつづく。
昭和三十年（一九五五）	二十七歳	詩人・菅原克己の紹介で、野間宏らが主宰する「日本文学学校」へ入学。
昭和三十一年（一九五六）	二十八歳	東京都東村山市の「多磨全生園」を訪ねる、ぼくの戦後はまだ終っていなかった。
昭和三十五年（一九六〇）	三十二歳	安保阻止国会包囲デモ、山谷から参加。社会党浅沼委員長、日比谷公会堂、立会演説会で刺殺さる。
昭和三十六年（一九六一）	三十三歳	大澤真佐江と結婚。
昭和三十八年（一九六三）	三十五歳	「社会教育」月刊誌編集部。 長女「なお子」東京都江戸川区で生る。

昭和四十年（一九六五）	三十七歳	日中友好協会江戸川支部。
昭和四十四年（一九六九）	四十一歳	同人誌「足」〝癩〟発表・連載。 七十年安保闘争参加。
昭和四十六年（一九七一）	四十三歳	次女「じゅん子」東京都世田谷区大蔵で生る。
昭和四十七年（一九七二）	四十四歳	日中戦争状態終結、国交正常化す。
昭和五十二年（一九七七）	四十九歳	はじめて中国を訪問（北京・瀋陽・鞍山・上海等）
昭和五十七年（一九八二）	五十四歳	日中科学技術文化センター設立に参加。
平成二年（一九九〇）	六十二歳	八月十五日、私書版『甕』出版。

平成七年（一九九五）	六十七歳	戦後五十年の年に、『青春の遺書』、新読書社より出版。
平成八年（一九九六）	六十八歳	千年紀文学の会　入会。 叶綺女史訳・中国語版『青春的遺書』、北京・時事出版社より出版さる。
平成九年（一九九七）	六十九歳	叔父龍次郎と遺児、千鶴の最後をたしかめるべく博多を訪ねる。 岡山県邑久郡邑久町長島の邑久光明園に入園の従姉妹・中山光子を訪ねる。二か月前に亡くなっていた。
平成十一年（一九九九）	七十歳	千鶴の行方を求めてソウル、延辺を訪ねる。東アジア文学シンポジウム出席。 〃歴史の闇からの復権「らい予防法」国家賠償訴訟〃を、日本社会文学会・「社会文学通信」に特別寄稿。

解説

レプラなる母を愛する

小林孝吉

明治以後の日本近代、それは多くは、アジアへの侵略という戦争の時代であった。とくに、一九一〇年の韓国併合からはじまり、国内では反体制勢力の弾圧を背景に、十五年戦争の起点となる満州事変、南京大虐殺や七三一部隊を生んだ日中戦争、無数の死者をだした太平洋戦争とつづいていく、まさに「闇の時代」であった。

一方、そんな戦争の闇のなかで、さらにその内部に秘匿した、おそるべき社会の闇が存在した。それが、「癩」の強制隔離政策なのだ。しかもそれは、一九九六年の「らい予防法」廃止までの八十九年間、患者とすでに治癒した元患者たちの「いのち」と「人権」を、闇のなかの深い闇へと隠蔽してきたのである。戦争が日本の歴史にささった棘だとすると、ハンセン病の歴史は、また国家の誤った政策は、ハンセン病者にそのいたみを極限した、彼らだけの死に至る棘でもあった。それは、強制収容、重監房、断種など、人間として生き、愛し、産む、そんな基本的な権利をも奪う、人間性へのとどめをさす棘なのである。その責任は、いまようやく国家賠償訴訟で問われようとしている。

一生涯、その棘のいたみを感じながら、「戦争」と「ハンセン病」の問題へと迫ったのが、すでに『青春の遺書』を著した詩人・松居りゅうじである。本書に収められた長編「叙事詩」ともいうべき作品は、自らハンセン病と向きあった松居りゅうじと、歴史の闇のなかに葬られたハンセン病者たちの「人生」が、そのまま重なりあった今世紀の〈日本人の遺書〉として、二十一世紀へのかすかな夜明けを告げようとしている。それは歴史的に、文学的に、きわめて重要な意味をもっているのだ。

少年期から敗戦、青年期までを自伝的に描いた『青春の遺書』（新読書社、一九九五年）のエピグラムには、次のような短い詩が掲げられている。「ぼくたちは死ぬために生きていた／生きているのは死ぬために――／『ぼくの屍体がびらんし透明の液体に変わるのを待っていた』／敗戦がきても変わらなかった／レッド・パージと朝鮮戦争が始まっていた」。『青春の遺書』の続編として書かれ、歴史的背景を日本近代まで広げて社会の闇・ハンセン病を描いた『レプラなる母』を読むとき、それは作者の「青春」を象徴的に刻んだ言葉であることがよくわかる。戦争とともにあった十代から二十代の松居りゅうじに深くささった疑念の棘、それは右腕の桃色の斑点であった。彼は一人で反芻する――〈崩れる前に死のうと思った　人目につきはじめる前に死のう〉（『青春の遺書』）、と。この桃色の斑点が白い透明な色に変わり、やがて蠟がとけるように崩れる、その前に「名誉ある戦死」をしようとしたのだ。中学三年のときにその斑点を認めて以来、彼は甕のなかを浮遊する一個の「屍体」であり、やがてそれが「透明な液体」となって溶けるのを絶望的に待っていたのである。それは何という苦しみであろう。だが、その斑点は、ついに神経の麻痺とともに崩れることはなく、また敗戦によって名誉ある死をも奪われたのだ。

『青春の遺書』から『レプラなる母』をつらぬくのは、作者を死へと追いつめたこの「精神癩」(ハンセン病ではないかという疑念)と、ハンセン病の叔父龍次郎の遺児で幼い日々を数年間ともに過ごした千鶴――疑似癩の黒い斑点と、生涯さがし求めた白い千鶴である。この斑点は、自分の親族のハンセン病者たちへ、また、千鶴はオモニの国・朝鮮へ、さらにそれは日本近代のハンセン病の強制収容とそれを可能にした「らい予防法」へ、日本を逃れた父龍次郎と千鶴がさまよった旧満州の地・延辺(間島)、そこでの抗日運動で死んだ朝鮮人たちへ――『レプラなる母』は、そんな日本とアジアの近代を、自ら語ることなく死んでいった多くのハンセン病者と抗日運動家たちにかわってつづった、おそらく最後の慄然たる〈遺書〉ではないだろうか。また、それは松居りゅうじが生涯をかけて、死者たちの「復権」のために書いた遺書でもある。彼は「らい予防法」国家賠償訴訟を支援する文章の最後をこう結んでいる。「歴史の闇から復権を求める声がいま　死者の魂と共に敗戦によっても変わる事のなかった日本の悪夢をさまさせようとしている!／沈黙は破らねばならない」(社会文学会「社会文学通信」第五三号)、と。私たちにも、歴史の闇からとどくこの声が聞こえるだろうか。

『レプラなる母』は、「千年紀文学叢書」に連載された三部作「日本人の遺書」を中心に、『青春の遺書』とも共通する「死のなかの記憶」(『新日本文学』二〇〇〇年一〇月号)、隔月刊「千年紀文学」に発表された、邑久・長島の療養所を家系図をたずさえて訪ねた「おそすぎたのです」（一九九七年第一〇号）、一九九九年八月に中国・延辺で開催され、私も参加した東アジア文学シンポジウムを中心とした文学の旅の報告「延辺の地をたずねて」（「千年紀文学」一九九九年第二二号）などから構成されている。これらの作品のなかで、ハンセン病という一点から映しだされるのは、作者の死ぬために生きた青春、千鶴・龍次郎との関係、祖母ユキまでたどりなおす親族の系譜、旧植民地・朝鮮、延辺と抗日運動など、日本近代の暗部なのである。まずは、作者の青春を「死のなかの記憶」でたどりながら、「歴史の闇のなかから」とともに、龍次郎とその遺児・千鶴への想いにふれてみたい。

「死のなかの記憶」は、「斑点」からはじまって「千鶴への想い」まで、おもに死のなかを生きた記憶がつづられている。「ぼくの右腕に浮かんだ斑点を　いま語らねばならない」、と。太平洋戦争がはじまり、軍人であった父からの音信は途絶え、黒い布で覆った電灯の下で、継母と姉が陰鬱な面持ちで座り、「ぼく」は、手首の斑点は癩ではないかとたずねる。そんな場面から記憶が回想され、小川正子が癩園を美しく描いた『小島の春』の幻想にひかれながら、やがて敗戦。斑点に気づいてから十三年後、はじめて多磨全生園に診察を受けに向かう。終点の一つ前でバスを降り、石ころの多い道を歩く。柊の生け垣がつづく。急に、生け垣のなかから笑い声が響く。のぞき込むと、燃えるような林檎の果樹園が広がっている。この部分は、かつて北條民雄が同じ癩院へと向かった風景とよく似ている。北條は、一目で「お気の毒だったね」（『いのちの初夜』）とハンセン病を宣告され、松居は「そうではないです」と、静かに女医に告げられた。この女医は、いつしか、千鶴のイメージと重なっていったのだ。

「イジヒキトリコウ」

『青春の遺書』も『レプラなる母』も、一九三五（昭和十）年、作者七歳のときの、この運命的な真夜中の一通の電報からはじまっている。ハンセン病の父・龍次郎の博多での行き倒れの死によって、九歳の「イジ」（遺児）千鶴は作者の家に引き取られるのである。

一八九五（明治二十八）年、若狭に生まれた龍次郎は、ハンセン病に罹り、十九歳で朝鮮にわたり、中国との国境豆満江を越え、「間島パルチザンの歌」で有名な、もっとも抗日運動の激しかった間島・延辺の地で十年余の歳月を送る。千鶴は吉林で生まれ、昭和三年の夏、はじめて日本の地を踏むのである。龍次郎は、博多で屋台を引き、らい予防法の強制収容を逃れる日々を過ごす。龍次郎の死後、「春を呼ぶ　渡り鳥のように／あなたは　やってきました」。「ぼく」は、二つちがいの千鶴の黒い髪に白い花を差し、「ぼくらの時間は　止まっていた」のだ。遠いオモニの国の話をした千鶴は、養女に出され、女学校に通うようになると消息が切れぎれになり、やがて朝鮮へと渡ったという噂を聞く。その頃、「ぼくもハンセン病に冒されていると思い始めていたのでした」。敗戦になっても、千鶴は、噂では釜山まで来ながら、再び日本へは帰らなかったのだ。

一方、徴兵検査でハンセン病が発覚するのを避けるように朝鮮へ渡った龍次郎は、朝鮮全土をおおった「朝鮮万歳」の三・一独立運動などの歴史のうねりのなかを生きたのである。そして、日本への帰国後は、間島五・三〇蜂起、柳条湖の満鉄爆破事件、満州国建国宣言と戦争はつづいていく。それを「あなたは　どんな想いで見ていたのでしょう」。また、龍次郎が苦難のなかで追い求めた「夢」とは何か。「いまも　私は　千鶴の行方とともに　あなたの夢を追いつづけたいと思っています」。その夢こそ、龍次郎の無言のうちにたくした遺書なのだ。作者は、こう記している。――「なにも残すことなく　逝った人たち／沈黙のまま亡くならねばならなかった人たち／歴史の闇に捨てさられた人たちの／人としての復権をはかることがいま　私たちが為さねばならない　あなたへの供養であると考えています／復活は　すでに始まっています」、と。復活とは、らい予防法の廃止、国家賠償訴訟へとつらなる、二十一世紀への新しい歴史の流れなのだ。それにしても、これまでどれほど多くのハンセン病者たちが、いわれなき偏見と差別のなかで、あるいは「日本のアウシュヴィッツ」といわれた重監房のなかで、「死の前の死」（村松武司『海のタリョン』）というほどの苦しみを受けて死んでいったことだろうか……。「レプラなる母」「王道楽土『小島の春』」は、何も残さず逝ったハンセン病の親族や重監房に入れられた人たちの作者による死の闇からの「復活」の試みである。

「レプラなる母」は、祖母ユキ、祖父定吉、曾祖父でユキの父・村上五太夫にまでさかのぼった不幸の系譜が描かれている。大竹章『無菌地帯』（草土文化、一九九六年）では、ハンセン病の発病について、次のように書かれている。「子は、なぜ生んでくれたのかと親をうらみ、親は子が、せめて自分の生きているうちに死んでくれたら、と願ったに違いない。親であれ、子であれ、いったんらいにかかった者は、わざわいの肉親に及ぶのを恐れながら、土蔵の奥や納屋の片隅で藁や襤褸にくるまり、血膿にまみれ、大声で苦痛を訴えることも許されず、涙に濡れて死を待つか、さもなければ夜更けに故郷をぬけだし、物乞いとなって見知らぬ家々の軒下に立ち、あるいは縁日から縁日へと渡り歩き、やがてどこかの河原で野垂れ死にするしかなかった」。祖母ユキの系譜には、次男・龍次郎をはじめ、このようにハンセン病のために、家も家族も捨て、夫婦の縁も切って故郷の若狭を出て、二度と戻らなかった親族が何人も描かれている。

　祖母ユキは、一八五八（安政五）年、養父五太夫、母すぎの次女として生まれる。姉ウタは、四十歳すぎて離縁され、五太夫は行方不明のため、ユキが村上家の家督を相続することになる。ユキは、定吉と結婚し、作者の父・長男善三、次男龍次郎、妹トシを産む。妹トシは、八木岩吉と協議離婚したあと、山東村の中山正一と結婚してアメリカへ渡り、長女光子と次女を残して死去。このように、ほぼ三代にわたる系譜のなかで、養父五太夫、ユキの姉ウタは巡礼の旅から帰らず、ユキの夫定吉は死の波紋が部落に残り、龍次郎は朝鮮へと渡り、最後は幼い遺児・千鶴を一人残して行路病者として死に、中山光子は邑久光明園で四十六年間過ごし、作者の訪ねる二カ月前に死んでいる。「どうして早く来てくれなかったのですか」。すべてはハンセン病と誤った国家政策が原因なのだ。――「今からでもおそくないのです」「私」は、邑久光明園の納骨堂で手を合わせたとき、耳元ではっきりと、そんな光子の声を聞くのである。

作者は、邑久光明園を訪ねたあと、あの斑点の疑念がいつもいきつく「オアシス」であった小川正子の〈小島の春〉の舞台・国立長島愛生園へ行くのである。「その島に行けば　緑の森に野鳥がさえずり　コスモスの花が咲き乱れ……」。だが、現実は、歴史は、それとはまったく異なった、この世の「地獄」だったのだ。一九三一年（昭和六）光田健輔と彼に選ばれた患者たち八五名で、国立癩療養所・長島愛生園はスタートする。そこでは、逃亡を監視するための望楼、生活改善と自治を求めたハンスト、蜂起をつげるために乱打された山頂の鐘、らい予防法反対闘争、監禁するための監房など、『小島の春』とは対極の、さまざまな闇だけが歴史の事実であった。また、逃亡した者は二週間の監禁減食、さらに抗う者は、園長の指示で、厳寒の地・草津の特別病室（重監房）送りが待っていたのである。その特別病室は、入り口は大きな錠前がかかる厚さ五寸のくぐり戸で、四重の鍵がかけられ、夜具は薄い敷布団と掛布団一枚だけで、冬期は零下十六、七度まで下がり、獄死者は全身凍傷に侵された。さらに、作者はいくつもの拘留の実例をあげる。〇〇キタノ、斎〇新〇、〇テイ、山井道太……。

また、光田が園長の二十六年間、長島愛生園の逃亡者は極端に増えている。「ああ—　ぼくにとって『小島の春』とは一体何だったのでしょう　このような事が許されてきた　小島の春とは　一体何だったのでしょうか　あの少年のころより王道楽土と思いつづけてきたぼくの幻想も何だったのでしょう」。結局、〈小島の春〉は、王道楽土とは正反対の地獄のなかの地獄だったのだ。これが人権侵害の国家の犯罪でなくて、何であろう。植民地主義とともに、祖国浄化のための「癩撲滅運動」は、「愛国運動」となり、社会の闇は、患者の苦難は、奥深くへ隠蔽されつづけたのである。これが日本の近代だったのだ。全国の療養所で、どれほど多くの人たちが、無念の思いをいだき、生を呪い、望郷の念を断たれ、孤独のうちに死んでいったことだろう。たとえば、在日の「ライの歌人」金夏日は、こう詠んでいる。「韓国に共に帰らんと兄言えどライ病むわれはついに黙しぬ」(村松武司『海のタリョン』)。それにしても、松居りゅうじほどまでに、血みどろの〈レプラなる母〉を愛した者がいただろうか……。

本書のタイトル「レプラなる母」は、作者自身も引用しているように、生涯、ハンセン病と朝鮮の文学に生きた詩人・村松武司の「レプラなる母―鄭敬謨」(『海のタリョン』所収)からとったのであろう。村松武司は、詩人姜舜に質問された言葉として、次のように記している。「あなたは、ムンディ・オモニという言葉の意味がわかりますか? これはレプラなる母。そのためにいっそうなつかしく愛すべき祖国のイメージです」。そして、村松はこうつづける。「われわれはかつていちども、このような意味で、血みどろの歴史であるゆえに日本を愛したことはない。レプラなる母はいなかった。つねに日本は、敗れても日本は、光輝あるイメージを持ちつづけてきた」。それを支え、歴史を見る目をくもらせてきたのが、われわれの「仮構」と「エゴイズム」だったのだ、と。島比呂志は、「日本人の遺書」三部作について、やはり松居の「レプラなる母」の同じ部分を引用し、こう書いている。「これは日本にかつて存在しなかった、ライの血みどろの家系の歴史を描いており、民雄や海人にはないライの文学を提示しているのではないか」(「ムンディ・オモニ」『火山地帯』第一二四号)。

これまでのハンセン病と文学においては、「癩者」のいのちの復活を描いた『いのちの初夜』の北條民雄や、歌集『白描』の扉に「深海に生きる魚族のやうに、自らが燃えなければ何處にも光はない」と刻んだ歌人・明石海人は、よく知られている。それに対し、自らの家系と日本の近代の血みどろの歴史を見つめつつ、ハンセン病者たちの遺書をつづった松居りゅうじの文学は、日本ではじめてのレプラなる母を愛する文学の誕生といえるのではないだろうか。その中心にあるのが、「イジヒキトリコウ」という一通の電報とともに、幼い作者の前にあらわれた千鶴への全生涯をかけた想いなのだ。

いま　ぼくのからだ　は
暗い　玄界の海を
翔んでいる

いさり火　となって
浮遊する
千鶴の　しろい　魂を追って
空の果て　に
いま　かげろうのよう　ゆれる

千鶴の　しろい　からだを

ぼくは　見ていた

この〈千鶴〉は、祖母ユキの養父五太夫、姉ウタ、夫定吉、次男龍次郎、従姉光子というレプラなる母の家系を愛し、癒す、ひとすじの〈光〉としていつも存在している。その光は、らい予防法の廃止、国家賠償訴訟という今世紀の国家と社会の悪と闇を、未来へと照らしだそうとしている。この『レプラなる母』は、ハンセン病に罹り、故郷を捨て、癩の収容所で、厳寒の重監房で、路上の片隅で死んでいった多くの患者たちに、ようやく、人間としての「復活」と「復権」の文学的訪れを告げている。同時に、それは新しい人権の世紀の夜明けへとつながっているのである。

復活「あとがき」にかえて

ちょうど五年前、戦後五十年の年、拙著「青春の遺書」をまとめました。当時、韓国・中国・フィリッピン等、アジアの国々から、従軍慰安婦など日本の戦争責任を問う問題が提起されていました。

戦争犯罪に直接加わらなかったとしても、日本国民の一人として責任をまぬがれるものではない。ましてや日露戦争から敗戦までを軍人であった父のもとで育てられた者として、知らなかった、だまされてたとして通れるものではないと思った。アジアの国々を犯した侵略について、大量の虐殺を行った人道に反する罪について、どう考えればいいのだろうか。自分に問うたのでした。

少年期——十五年戦争のなかで
敗　戦——ぼくたちの戦争は続いていた
青年期——日本で朝鮮戦争が始まっていた
の自分史としました。

それからすぐに、日本が中国に残した侵略戦争への贖罪の想いから、また日本と、自分の未来を考えるなかで、決然と自分の意志で、家族と別れ、一人満州に残った十五歳の少女——戦後五十年・日中友好病院の女医・叶綺女史（日本名・野崎綾子さん）の手によって、「青春の遺書」は、美しい中国語『青春的遺書』となり、翌年十二月、北京の時事出版社より出版されました。

海を隔てて離れていても、同時代を生きた、同じ世代の野崎綾子さんに、いいしれぬ深い感謝の気持を抱きました。

戦後五十年、自分史「青春の遺書」が出ても、私にはまだ癒されぬ何物かがありました。少年期の物心がつき始めてから、常におびやかされ続けてきた——片時も離れることのなかった「癩への思い」——焼きつけられている癩の烙印は、そのままでした。

遠い古里のことを何も知らない幼児期から、すでに目に見えぬ系累におびえ始めていたのです。中学に入学した年に太平洋戦争が始まりました。そして右腕に斑点が浮かびました。父親からの音信が途絶えた時でした。

ぼくは癩だと思い始めていたのでした。斑点は消えることなく戦後も続きます。

朝鮮戦争が始まった一九五〇年、美しく死ぬために美しく死にたい、祈りに似た想いから、反戦運動に加わっていました。

二人の幼児を故郷に残したまま、従姉妹の光子が施設に収容されたのは、そのころでした。病む足をおさえ父親は、光子と一緒に敦賀駅前にある共産党事務所に私を訪ねていました。私は会えなかったのでした。父親は亡くなり、あれからすでに四十数年がたっています。

昭和十年ごろでした、叔父龍次郎が博多で亡くなった後、わが家に引き取られ、兄弟のように過ごした二歳ちがいの従姉妹がいました。あの千鶴も、戦争で父親の音信が絶えたころに、養女先をとび出し、行方不明となっていました。朝鮮へ行ったといううわさだけが残っていました。行方は未だ判っていません。昭和十年ごろ叔父龍次郎が千鶴と共に行き倒れとなった、収容された施設の場所さえ、今もって判ってはおりません。

〈長いあいだ、私はなにをしていたのでしょうか〉

戦後五十年、青春の遺書をまとめるなかで、四十数年、光子を、千鶴を、探し出そうとしなかった自分の罪の深さを見つめていました。

やはり癩を恐れていたのでした。家系とさえ思っていた癩を、そして癩の烙印を！

故郷に光子の妹を訪ね、私の想いの「青春の遺書」を贈り、光子と会いたいというメッセージを託したのは一九九六年の一月でした。

「長いあいだ、生活が違っているので会いたくない」との答えがもどってきました。

『目は見えないが、元気で、私より電話の声には張りがあるよ』妹郁子の言葉に安堵し、四十数年も放っておいて、今ごろになって、身勝手を責められても仕方のないこと、それ以上つよく求めなかったのが、その後とりかえしのつかぬ結果を生んだのでした。

「そう言っても、行ってみるとまた違うと思いますよ」、ハンセン病資料館の山下さんの言葉に励まされ、邑久光明園を訪ねたのが一九九七年五月、「らい予防法」が廃止をみて一年がたっていました。

「おそかったのです」

二月前に、光子は亡くなってました。

私の家系の証《あかし》 光子は　消えてしまっていたのでした。

翌月、六月　私はもうもどってこられないと思った「がん」の手術を受けていました。この時ほど、書き残した遺書について思ったことはありません。

一九九七年六月のこの大病をはさんで「レプラなる母」日本人の遺書を書きつづっていました。

「今からでも　おそくは　ない」という想いがありました。

今ようやく、死のなかの記憶――斑点・敗戦・仮構の中で／レプラなる母――祖母ユキのたどった道／王道楽土「小島の春」――奇妙な国に想う／おそすぎたのです――光子は亡くなっ

ていたのです／歴史の闇のなかから――／延辺の地をたずねる――恥ずかしくない国の民となるために／復活　が目の前にあります

明治憲法のもとで、明治・大正・昭和とつづいたこの「らい予防法」はいま、白日のもとに照らし出されようとしています。違憲国家賠償訴訟の結審の前にこの本が出せたことを、なにより嬉しく思っています。

今世紀　命をうばわれた　たくさんの人たちのことを　いま想っています

過去の過ちを直視する者にこそ
二十一世紀の　未来が開かれる
　この言葉の意味を　いまかみしめています

復活は　すでに始まっているのです

二〇〇〇年十一月一日

松居りゅうじ

レプラなる母

定価　二、〇〇〇円＋税

二〇〇一年二月一五日　初版発行

著　者　松居　りゅうじ

発行者　藤巻　修一

装　丁　藤巻　亮一

発行所　〒一六六-〇〇〇四　東京都杉並区阿佐谷南一－一四－五
株式会社　皓星社
電　話　〇三（五三〇六）二〇八八
振　替　〇〇一三〇－六－二四六三九
http://www.libro-koseisha.co.jp/
E-mail info@libro-koseisha.co.jp

印刷・製本　株式会社シナノ

ISBN4-7744-0309-1 C 0095